ヤミーのハピ＊やみ洋菓子店
どんな願いも叶うスイーツ、めしあがれ！

やすいやくし／著
mokaffe／イラスト

JN206987

★小学館ジュニア文庫★

おもな登場《とうじょう》キャラクター

ナイトメア

悪夢《あくむ》をみるくらいに叶《かな》えたい願《ねが》いが叶《かな》う、
世界《せかい》にたったひとつの〈ハピ＊やみ
スイーツ〉を食《た》べられる秘密《ひみつ》の洋菓子店《ようがしてん》。
夢《ゆめ》の中《なか》にあるとも、
リアルにあるともいわれている。

ヤミー

人間《にんげん》のように
しゃべったり動《うご》いたりできる
不思議《ふしぎ》なうさぎのぬいぐるみで、
『ナイトメア』のパティシエ。
頭《あたま》の中《なか》に最高級《さいこうきゅう》AI《エーアイ》が
入《はい》っていて万能《ばんのう》！
のハズだけど……。

スイちゃん

ヤミーの持《も》ち主《ぬし》である
14歳《さい》の少女《しょうじょ》。
事故《じこ》で家族《かぞく》を亡《な》くした
ショックで、心《こころ》が空《から》っぽになり
笑顔《えがお》を忘《わす》れてしまった。

☆『ナイトメア』のお客《きゃく》様《さま》たち☆

麻《あさ》戸《と》知《ち》奈《な》

あざとかわいい
モテムーブ女子《じょし》

古蝶《こちょう》恵麻《えま》

カンペキ優等生《ゆうとうせい》な
ポスターセッション
責任者《せきにんしゃ》

五十鈴《いすず》聖花《せいか》

楽《らく》して有名《ゆうめい》に
なりたい
フィギュアスケート選手《せんしゅ》

安《あん》東《どう》日《ひ》彩《いろ》

戦隊《せんたい》ヒーロー
好《ず》きな
〈一日一善《いちにちいちぜん》〉ガール

成《なり》田《た》由《ゆ》羽《う》

周囲《しゅうい》を見返《みかえ》したい
ジミ女子《じょし》

天《あま》瀬《せ》桃《もも》愛《あ》

アイドルをめざす
〈崖《がけ》っぷちの天使《てんし》〉

雨《あめ》野《の》貴《たか》実《み》

他人《たにん》の秘密《ひみつ》を
知《し》りたがる
新聞部員《しんぶんぶいん》

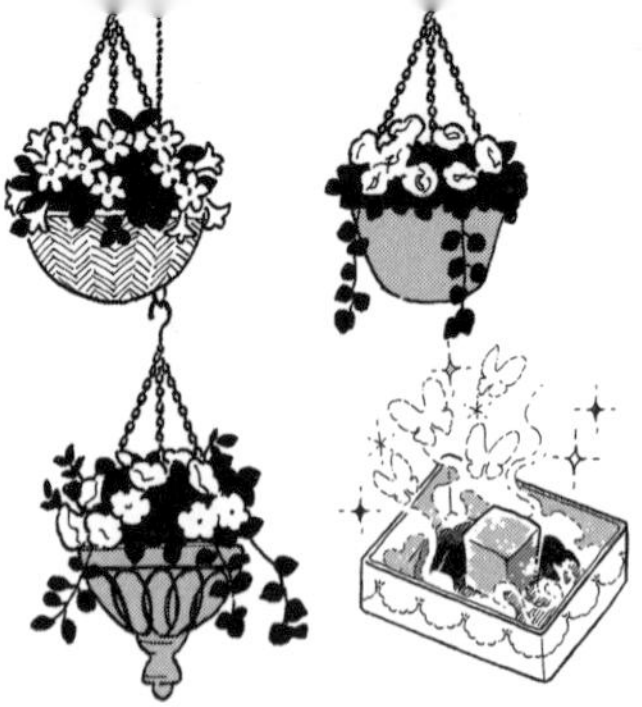

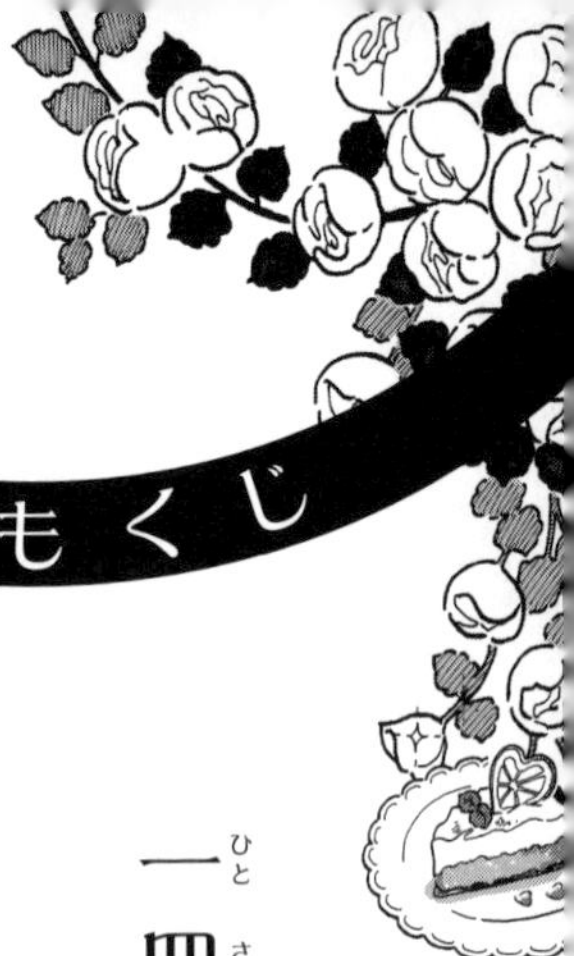

もくじ

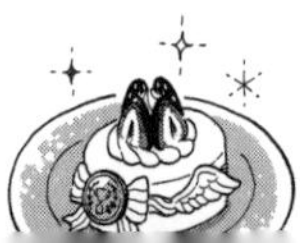

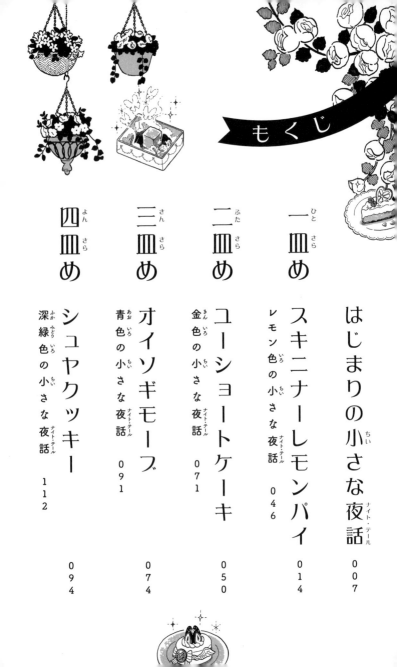

はじまりの小《ちい》さな夜話《ナイト・テール》

うす紫色《むらさきいろ》の霧《きり》がたちこめる街角《まちかど》。
その一角《いっかく》にある黒《くろ》い洋館《ようかん》
『ナイトメア』は不思議《ふしぎ》な洋菓子店《ようがしてん》。
屋根《やね》には五本《ごほん》の十字架《じゅうじか》が
でたらめに突《つ》き刺《さ》さっている。
店《みせ》の奥《おく》にあるガラスの扉《とびら》の向《む》こうは……
白《しろ》い花《はな》が咲《さ》きみだれている温室《おんしつ》。
花《はな》の香《かお》りの中《なか》、クリーム色《いろ》のうさぎの
ぬいぐるみと、ひとりの少女《しょうじょ》。
うさぎは、長《なが》い耳《みみ》の間《あいだ》に小《ちい》さな
シルクハットをのせ、

濃《こ》い紫色《むらさきいろ》のマントをはおっている。
目《め》はうす紫色《むらさきいろ》のボタン。
うさぎはこちらを向《む》くと、
目《め》を細《ほそ》くしてやみやみと笑《わら》う。
「ようこそ、『ナイトメア』へ。
ボクは神《かみ》パティシエのヤミー。
ただのぬいぐるみじゃないヤミ。
ここに」
と、もふもふの手《て》で自分《じぶん》の頭《あたま》を指《ゆび》さす。
「最高級《さいこうきゅう》ＡＩ《エーアイ》が入《はい》っていて、
ヤミー《おいしい》なスイーツを作《つく》ることができるヤミ」

ヤミーは、色《いろ》とりどりのスイーツが
のったワゴンから、
クリームの白《しろ》い花《はな》で
縁《ふち》どられた丸《まる》いケーキをとると、
黒《くろ》いロッキングチェアに座《すわ》っている
白《しろ》いドレス姿《すがた》の少女《しょうじょ》を見《み》あげた。
少女《しょうじょ》の瞳《ひとみ》は、暗闇《くらやみ》から生《う》まれた
ガラス玉《だま》のようにうつろだ。
肌《はだ》も白磁《はくじ》のように美《うつく》しいが、血色《けっしょく》がない。

「この子《こ》はボクの大切《たいせつ》な友達《ともだち》、スイちゃん。
三日前《みっかまえ》、十四歳《じゅうよんさい》の誕生日《たんじょうび》に、
事故《じこ》で家族《かぞく》を亡《な》くしてから、

ほとんど一日中《いちにちじゅう》眠《ねむ》っているし、しゃべらない。
天使《てんし》のような笑顔《えがお》も消《き》えてしまったヤミ」
ヤミーはフォークで
ケーキを一《ひと》切《き》れすくいとると
「これはスイちゃんが一番《いちばん》好《す》きな
フラワーケーキだヤミ。
これを食《た》べればきっと笑顔《えがお》になるヤミ」
と、スイの目《め》の前《まえ》に差《さ》し出《だ》した。
スイは、ケーキを飲《の》みこんだけど、
無表情《むひょうじょう》のまま。
「……フラワーケーキでも、ダメ」
ヤミーは、しょんぼりと肩《かた》を落《お》とす。

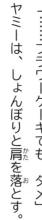

「どうしたらスイちゃんを笑顔《えがお》にできるヤミ？」

小首《こくび》をかしげ、ヤミーは目《め》をつぶった。

ヤミーの耳《みみ》のあたりが青《あお》くボーッと光《ひか》りはじめた。

AI《エーアイ》が稼働《かどう》して、世界中《せかいじゅう》のあらゆる情報《じょうほう》にアクセスしているのだ。

「笑顔《えがお》……空《から》っぽの心《こころ》……回復《かいふく》……心理学《しんりがく》……神経科学《しんけいかがく》……脳科学《のうかがく》……奇跡《きせき》……オカルト……占星術《せんせいじゅつ》……黒魔術《くろまじゅつ》……」

ヤミーがパチリと目《め》を開《ひら》いた。

「AI分析完了《エーアイぶんせきかんりょう》。なるほど……心《こころ》が空《から》っぽだから笑顔《えがお》が消《き》えちゃったのか。ということは、スイちゃんの心《こころ》をハッピーな気持《きも》ちで満《み》たしたら、笑顔《えがお》が戻《もど》るヤミね」

ヤミーは後《うし》ろ手《で》を組《く》み、うろうろ歩《ある》きながらつぶやく。

「ん～、でも、ハッピーな気持《きも》ちって、どこにあるヤミ？」

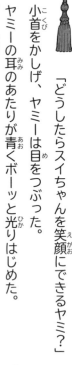

ヤミーの耳《みみ》のあたりがふたたび青《あお》く光《ひか》った。
「……ふむふむ、人間《にんげん》は願《ねが》いが叶《かな》ったときに、
ハッピーな気持《きも》ちがわいてくるヤミね」
ヤミーは、もふもふの手《て》をぱふんと合《あ》わせた。
「そうだ！　どんな願《ねが》いでも叶《かな》う
ハッピー&《アンド》ヤミー《おいしい》な
〈ハピ＊やみスイーツ〉を作《つく》って、
人間《にんげん》のみんなに食《た》べてもらうヤミ。
でもって、願《ねが》いが叶《かな》ってわきあがったみんなの
ハッピーな気持《きも》ちをいただいて、
それをスイちゃんに……」
ヤミーはうす紫色《むらさきいろ》のボタンの目《め》を細《ほそ》め、またやみやみと笑《わら》った。

一《ひと》皿《さら》め　スキニナーレモンパイ

A《エー》中学《ちゅうがく》二年生《にねんせい》の麻戸《あさと》知奈《ちな》は、ちょっとかわいい。

セミロングの髪《かみ》をツインテールにしているのも、イチゴの香《かお》りがするリップクリームを塗《ぬ》っているのも、かわいいをさらに盛《も》るため。スマホを自分《じぶん》に向《む》けてあちこちからかざしつつ、一番《いちばん》かわいく見《み》える角度《かくど》&《アンド》スマイルの〈キメ顔《がお》〉を研究《けんきゅう》しつくしている。

そのキメ顔《がお》を駆使《くし》して知奈《ちな》は、気《き》になる男《おとこ》の子《こ》を一撃必殺《いちげきひっさつ》で落《お》とすというモテムーブを楽《たの》しんでいる。ただし、とても惚《ほ》れっぽいので、誰《だれ》かを落《お》としてもすぐにまた別《べつ》の誰《だれ》かを好《す》きになってしまう。なので、一部界隈《いちぶかいわい》からは〈ポイ捨《す》てあざと女子《じょし》〉なんてうわさされているし、とにかく女子《じょし》からは嫌《きら》われがち。だけど、男子《だんし》は知奈《ちな》の魅力《みりょく》にくらくらしてしまうのだ。

知奈《ちな》にしてみれば、真剣《しんけん》に好《す》きになっているだけで、次《つぎ》にまた素敵《すてき》な男子《だんし》が現《あらわ》れるのが悪《わる》いのであって、自分《じぶん》に罪《つみ》はないと思《おも》っているのだけれど。

何《なに》より、〈恋《こい》〉とか〈好《す》き〉は、勉強嫌《べんきょうぎら》いの知奈《ちな》にとって、つまらない学校生活《がっこうせいかつ》を楽《たの》しむためのスパイスなのだ。

今日《きょう》も朝《あさ》イチに学校《がっこう》の廊下《ろうか》で、サラサラマッシュヘアの男子《だんし》を見《み》つけてしまった。

アッと思《おも》ったときには、告白《こくはく》しちゃってた。

「知奈《ちな》、キミのこと好《す》き♡」

「え、マジ？　……いや、でも俺《おれ》、彼女《かのじょ》いるんだよな」

「いいよ、そんなの気《き》にしない。ちなみに、彼女《かのじょ》と知奈《ちな》、どっちがかわいい？」

「それは、君《きみ》のがずっと……。いや、でも浮気《うわき》はまずい。彼女《かのじょ》を怒《おこ》らせたら怖《こわ》い」

知奈《ちな》は、上目《うわめ》づかいのキメ顔《がお》でささやく。

「ナイショでデートするのって、すっごくドキドキしそうじゃない？」

天使《てんし》のような声《こえ》で悪魔《あくま》のような言葉《ことば》をささやく知奈《ちな》に、男子《だんし》の目《め》もとがへにゃとデレる。

（ふふ、落《お》ちた）

知奈《ちな》は、相手《あいて》にさっと近寄《ちかよ》ると腕《うで》をからめた。

「マジ、大胆《だいたん》すぎ」

と言《い》いつつ、鼻《はな》の下《した》をだら~んと伸《の》ばす男子《だんし》。

ところがそのとき、鼻《はな》の下《した》を伸《の》ばしていた男子《だんし》の顔《かお》が急《きゅう》にこわばった。

「え、ちょ、ヤバい。あっちから彼女《かのじょ》が来《き》た。離《はな》して」

「イヤだ。だって好《す》きになっちゃったんだもん」

振《ふ》りほどこうともがく男子《だんし》に、知奈《ちな》はますますギュッとしがみつく。

廊下《ろうか》の向《む》こうでは茶髪《ちゃぱつ》の彼女《かのじょ》が、自分《じぶん》の彼氏《かれし》と知奈《ちな》がくっついているのを発見《はっけん》。

「は?」

鬼《おに》の形相《ぎょうそう》になった彼女《かのじょ》が、こぶしを振《ふ》りかざしてこちらに走《はし》ってくる。

「おい、離《はな》せって!」

「もう、照《て》れちゃって……」

そのとき知奈《ちな》の目《め》の前《まえ》を担任《たんにん》の先生《せんせい》に連《つ》れられたひとりの男《おとこ》の子《こ》が横切《よこぎ》った。

斜《なな》めの前髪《まえがみ》がちょっと長《なが》めの、いかにもまじめそうなメガネ男子《だんし》。見《み》た目《め》は、好《す》き嫌《きら》いが分《わ》かれそうな雰囲気《ふんいき》イケメンっぽい感《かん》じ。

（転校生《てんこうせい》かな？）

知奈《ちな》の目《め》が、怪《あや》しく光《ひか》った。

（こういうまじめそうな男子《だんし》も、いいかも）

知奈《ちな》は、いままでくっついていた男子《だんし》の腕《うで》を振《ふ》りほどくと、

「ごめん、間違《まちが》った。キミじゃなかった。じゃね」

と、メガネ男子《だんし》を追《お》いかけていく。

新《あたら》しい獲物《えもの》を見《み》つけ、スキップしている知奈《ちな》の背後《はいご》では、かけつけた茶髪《ちゃぱつ》な彼女《かのじょ》からみぞおちにパンチを決《き》められたマッシュヘア男子《だんし》がゆっくりと崩《くず》れ落《お》ちていた。

知奈《ちな》は先生《せんせい》とメガネ男子《だんし》に続《つづ》いて教室《きょうしつ》に入《はい》り、自分《じぶん》の席《せき》に座《すわ》った。

知奈《ちな》の目《め》が好奇心《こうきしん》で輝《かがや》いている。

こういうとき、知奈《ちな》はキラキラ輝《かがや》いて最高《さいこう》にかわいく見《み》える。

「それでは朝《あさ》のホームルームをはじめます。こちら転校生《てんこうせい》の時宗早可志《ときむねさかし》くんです。お父《とう》さんの仕事《しごと》の都合《つごう》で転校《てんこう》してこられました。みなさん、いろいろ教《おし》えてあげてください。で

は、時宗《ときむね》くん自己紹介《じこしょうかい》を」

時宗《ときむね》くんは、誰《だれ》とも目《め》を合《あ》わせることなく冷《さ》めた口調《くちょう》で言《い》った。

「どうも、時宗《ときむね》です。以前《いぜん》は超進学校《ちょうしんがっこう》に通《かよ》っていました。この学校《がっこう》はゆるい公立中学《こうりつちゅうがく》らしいですが、僕《ぼく》は勉強《べんきょう》に集中《しゅうちゅう》したいので、ムダに話《はな》しかけないでください」

クラスのみんながあっけにとられる中《なか》、知奈《ちな》は「ふぅ〜ん、いままでいなかったタイプ♡」と、つぶやき、腕組《うでぐ》みをした。

休憩時間《きゅうけいじかん》になると知奈《ちな》はさっそく時宗《ときむね》くんに声《こえ》をかけた。

「転校生《てんこうせい》くん、学校《がっこう》を案内《あんない》してあげる」

とまどい顔《がお》の時宗《ときむね》くん。

「知奈《ちな》が最初《さいしょ》の友達《ともだち》になってあげる」

と、必殺技《ひっさつわざ》のキメ顔《がお》を見《み》せ、彼《かれ》の手《て》をつかんだ。

いつもなら、ここで男子《だんし》はキュンとなるのだが、時宗《ときむね》くんは、いたって冷静《れいせい》に「君《きみ》の偏《へん》差値《さち》は？」と知奈《ちな》にたずねた。

「え、そんなの知《し》らない。成績《せいせき》なら、だいたい平均《へいきん》くらいだよ」

それを聞《き》いたとたんに時宗《ときむね》くんが知奈《ちな》の手《て》を振《ふ》り払《はら》った。

「この学校《がっこう》で平均点《へいきんてん》とは……おそらく偏差値五十《へんさちごじゅう》くらいだな。僕《ぼく》は全国模試偏差値七十以《ぜんこくもしへんさちななじゅうい》下《か》の人間《にんげん》とは友人《ゆうじん》にならない主義《しゅぎ》なんだ」

「えーっ」

知奈《ちな》は不満《ふまん》げに口《くち》をとがらせたけど、そんなことであきらめる性格《せいかく》ではなかった。

むしろ（攻略《こうりゃく》しがいがありそう）と、わくわくしてしまう知奈《ちな》だった。


放課後《ほうかご》、帰宅《きたく》する時宗《ときむね》くんを尾行《びこう》する知奈《ちな》の姿《すがた》があった。

電信柱《でんしんばしら》の陰《かげ》から、バス停《てい》にいる時宗《ときむね》くんを見《み》つめ、不敵《ふてき》に笑《わら》う知奈《ちな》。

「知奈《ちな》が運命《うんめい》の人《ひと》だってわからせてあげなきゃ。このモテコスメで好《す》きにさせちゃう！」

髪《かみ》にイチゴの甘《あま》い香《かお》りがするヘアミストをシュッシュと振《ふ》りかけ、学校《がっこう》では禁止《きんし》されているレモン柄《がら》のシュシュをツインテールの根《ね》もとにすばやくつけると、知奈《ちな》は、時宗《ときむね》くんと同《おな》じバスに乗《の》りこんだ。

バスの中《なか》ほどに立《た》ち、片手《かたて》で参考書《さんこうしょ》を広《ひろ》げている時宗《ときむね》くんの横《よこ》に立《た》った知奈《ちな》は、参考書《さんこうしょ》の脇《わき》からひょっこりと顔《かお》を出《だ》して時宗《ときむね》くんを見《み》あげた。時宗《ときむね》くんは、知奈《ちな》より頭《あたま》ひとつ分《ぶん》くらい背《せ》が高《たか》い。

(上目《うわめ》づかいの瞳《ひとみ》、ちょっと斜《なな》めのアングル、最高《さいこう》ランクのキメ顔《がお》っ)

と、自信《じしん》たっぷりの知奈《ちな》。

「あれ、時宗《ときむね》くん。偶然《ぐうぜん》だね。このバスで通《かよ》ってるの？」

時宗《ときむね》くんは、目《め》を細《ほそ》めるとつぶやいた。

「……誰《だれ》？」

(は？　知奈《ちな》の顔《かお》を覚《おぼ》えていないなんて、ありえない)

知奈《ちな》の心《こころ》は逆《ぎゃく》に燃《も》えあがった。

(次《つぎ》の作戦《さくせん》だっ！)

バスが揺《ゆ》れたタイミングで「キャッ」と、時宗《ときむね》くんにしがみつく。

チラッと時宗《ときむね》くんを見《み》あげると、不機嫌《ふきげん》にイライラを重《かさ》ねたみたいな表情《ひょうじょう》。

「その甘《あま》い香《かお》りが苦手《にがて》。離《はな》れてくれ」

モテコスメのイチゴの香《かお》りも、むしろマイナスだったようだ。

（ふ～ん、こんな男子《だんし》はじめてかも。知奈《ちな》はあきらめないよ）

翌日《よくじつ》の昼休《ひるやす》み。

知奈《ちな》は、四角《しかく》いランチボックスを持《も》って時宗《ときむね》くんに突進《とっしん》した。

「時宗《ときむね》くん、このお弁当《べんとう》食《た》べて。知奈《ちな》、めっちゃ早起《はやお》きして作《つく》ったんだよ。見《み》て見《み》て。知《ち》奈《な》の好《す》きなもの、いーっぱい詰《つ》めたんだ」

と、知奈《ちな》がふたを開《ひら》くと、中《なか》には、クッキーやアメ、チョコ、マカロンがぎっしり。

すでに給食《きゅうしょく》を食《た》べたあとである。時宗《ときむね》くんは迷惑《めいわく》そうに口《くち》をへの字《じ》にした。

「僕《ぼく》に虫歯《むしば》になれとでも？」

「だって、糖分《とうぶん》は頭《あたま》にいいって書《か》いてあったよ？」

「糖分《とうぶん》を一気《いっき》に大量《たいりょう》にとりすぎると、血糖値《けっとうち》が急激《きゅうげき》にあがって、インスリンが大量《たいりょう》に分泌《ぶんぴつ》され、眠気《ねむけ》を引《ひ》き起《お》こすし、集中力《しゅうちゅうりょく》の低下《ていか》につながる。いらない。いらない」

「えー、遠慮《えんりょ》しなくていいよ。食《た》べて♡」

と、しつこくランチボックスを差《さ》し出《だ》す知奈《ちな》と「いらない、やめてくれ！」と拒否《きょひ》する時宗《ときむね》くんの間《あいだ》で押《お》し合《あ》いになって、中《なか》からクッキーやアメがぜーんぶとびだした。

「キュン。オラオラな時宗《ときむね》くんもいい。ギャップ萌《も》え♡」

知奈《ちな》は、空《から》になったランチボックスをギュッと抱《だ》きしめ、足《あし》をバタバタさせた。


翌日《よくじつ》の放課後《ほうかご》、知奈《ちな》は「勉強《べんきょう》を教《おし》えて」と、数学《すうがく》の参考書《さんこうしょ》を片手《かたて》に時宗《ときむね》くんに近寄《ちかよ》った。

ところが「忙《いそが》しいから無理《むり》」と、にべもなく断《ことわ》られた。

それだけならまだしも、時宗《ときむね》くんは、まるで知奈《ちな》にあてつけるように、

「清瀬《きよせ》さん、一緒《いっしょ》に帰《かえ》りませんか？」

と、クラス委員《いいん》の清瀬《きよせ》さんに声《こえ》をかけた。

清瀬《きよせ》さんは、長《なが》い黒髪《くろかみ》を後《うし》ろできっちりひとつにまとめ、銀縁《ぎんぶち》のメガネをかけた、いかにも優等生《ゆうとうせい》な風貌《ふうぼう》だ。

自分《じぶん》を断《ことわ》って、平安時代《へいあんじだい》なら美女《びじょ》だったかもしれない女子《じょし》に声《こえ》をかけるなんて。

「ありえない！」

知奈《ちな》は憤《いきどお》った。

「こんな」と清瀬《きよせ》さんを指《ゆび》さし、

「かわいいリップクリームも塗《ぬ》らない、スカート丈《たけ》が長《なが》くてダサい女子《じょし》のどこがいいの⁉」

と、どなった。

時宗《ときむね》くんは冷《つめ》たい目《め》で知奈《ちな》を見《み》おろす。

「清瀬《きよせ》さんは、君《きみ》みたいに外見《がいけん》で人《ひと》を判断《はんだん》したり、小《こ》バカにしたりはしない。僕《ぼく》はおろかな人間《にんげん》が嫌《きら》いなんだ」

面《めん》と向《む》かって罵倒《ばとう》された知奈《ちな》は「ひどい」と言《い》って両手《りょうて》で顔《かお》をおおった。

じつは、スカートのポケットの中《なか》にひそませていたメンソール入《い》りのリップクリームを指先《ゆびさき》に塗《ぬ》ってあった。

その指《ゆび》を下《した》まぶたにそっとあてると、スースーして涙《なみだ》がジワとわいてきた。

(著者注《ちょしゃちゅう》※良《よ》い子《こ》はまねしないでね……ってよく言《い》うけど、良《よ》い子《こ》はそもそも危険《きけん》なことしないかも。悪《わる》い子《こ》はまねしないでね)

時宗《ときむね》くんは、(もしや、泣《な》かせてしまったのか……)と、さすがにばつが悪《わる》そうな顔《かお》をしている。

涙《なみだ》でうるんだ目《め》で時宗《ときむね》くんを見《み》あげる知奈《ちな》。その頭《あたま》の中《なか》では、(私《わたし》、泣《な》き顔《がお》もかわいいんだよね)と、勝利《しょうり》のファンファーレが鳴《な》っている。

「ん?」

時宗《ときむね》くんは、何《なに》かに気《き》づいたように知奈《ちな》の顔《かお》に鼻《はな》を寄《よ》せると、くんくんと匂《にお》いをかいだ。

「メンソールを塗《ぬ》ったのか。うそ泣《な》きとは恐《おそ》れ入《い》るよ」

時宗《ときむね》くんは、冷《つめ》たくそう言《い》い放《はな》つ。

うそ泣《な》きまでバレてしまった知奈《ちな》、これはもういまだかつてないピンチ。

時宗《ときむね》くんは、がくぜんとして立《た》ちつくす知奈《ちな》を完全《かんぜん》に無視《むし》して清瀬《きよせ》さんに笑顔《えがお》を向《む》ける。

「さ、清瀬《きよせ》さん、帰《かえ》りましょう」

ふたりは肩《かた》を並《なら》べて教室《きょうしつ》を出《で》ていってしまった。

(負《ま》けた? かわいい知奈《ちな》が……負《ま》けた?)

たったいまの出来事《できごと》を目撃《もくげき》したクラスメイトたちは、口々《くちぐち》にささやき合《あ》った。

「あざと女子《じょし》の敗北《はいぼく》、いい気味《きみ》～」

「自業自得《じごうじとく》だよね。知奈《ちな》っていままで好《す》き勝手《かって》やってきたもん」

「好《す》きって言《い》われてポイ捨《す》てされた俺《おれ》らの痛《いた》み、思《おも》い知《し》れ！」

モテムーブをサボって、ひとりの男子《だんし》に入《い》れあげている間《あいだ》に、知奈《ちな》をキラキラさせていたモテオーラまで消《き》えてしまったらしい。

屈辱感《くつじょくかん》と悔《くや》しさがわきあがり、知奈《ちな》は教室《きょうしつ》から走《はし》りでた。


家《いえ》に帰《かえ》るとベッドに寝《ね》ころんだ。じわっと涙《なみだ》がにじむ。

悲《かな》しさではなかった。あんな頭《あたま》がいいだけの女子《じょし》に負《ま》けて悔《くや》しいという思《おも》いだった。

「時宗《ときむね》くんのバカ……絶対《ぜったい》、知奈《ちな》のほうがかわいいのに」

知奈《ちな》は、バカバカバカとつぶやきながら寝《ね》てしまった。

しばらくすると、知奈《ちな》は「うう～」とうなされはじめた。


時宗《ときむね》くんに冷《つめ》たくされる悪夢《あくむ》にうなされ、ハッと目《め》を覚《さ》ました知奈《ちな》が立《た》っていたのは、とある黒《くろ》い洋館《ようかん》の前《まえ》だった。

うす紫色《むらさきいろ》の霧《きり》がただよう街角《まちかど》。

石畳《いしだたみ》の通《とお》りに面《めん》したその洋館《ようかん》の左右《さゆう》には、同《おな》じような建物《たてもの》が立《た》ち並《なら》んでいる。

正面《しょうめん》の黒《くろ》い洋館《ようかん》にだけ、オレンジ色《いろ》のあかりが灯《とも》っているが、不気味《ぶきみ》な黒《くろ》いとんがり屋《や》根《ね》の上《うえ》には黒《くろ》い十字架《じゅうじか》が五本《ごほん》、でたらめに突《つ》き刺《さ》さっていた。

「え、ここはどこ？　もしや夢《ゆめ》の続《つづ》き？」

知奈《ちな》は、自分《じぶん》のほっぺをギュッとつねった。

「ちゃんと痛《いた》い。夢《ゆめ》じゃない……もしかして知奈《ちな》があまりにかわいいから、異世界《いせかい》にさらわれてきちゃった説《せつ》あるかな？」

そのとき、ふいに知奈《ちな》の鼻腔《びこう》に甘《あま》い香《かお》りが忍《しの》びこんできた。焼《や》きたてバターの香《こう》ばしい香《かお》りだ。

「そういえば、夕飯《ゆうはん》食《た》べずに寝《ね》ちゃったし、おなかすいちゃったかも」

知奈《ちな》は、鼻《はな》をくんくんさせながら、扉《とびら》のガラスごしに洋館《ようかん》の中《なか》をのぞきこんでみた。

丸《まる》いテーブルの上《うえ》にガラスのケーキドームがあるのが見《み》えた。中《なか》には、おいしそうなレモンパイが一切《ひとき》れ入《はい》っている。

そのパイを見《み》たとたん、好《この》みの男子《だんし》を見《み》つけたときのようにテンションがあがった。

「おいしそ♡　食《た》べたい」

するとﾞ、テーブルの横《よこ》でクリーム色《いろ》のもふもふのうさぎのぬいぐるみが手招《てまね》きをしているのが見《み》えた。知奈《ちな》の三分《さんぶん》の一《いち》ほどの背《せ》の高《たか》さで、濃《こ》い紫色《むらさきいろ》のマントをはおり、耳《みみ》の間《あいだ》には小《ちい》さなシルクハットをのせている。

「わ、かわいい♡」

知奈《ちな》はついつい扉《とびら》をあけて中《なか》に入《はい》ってしまった。

「ハピ＊やみ洋菓子店《ようがしてん》『ナイトメア』へようこそヤミ～」

機械《きかい》じみた子《こ》どものような声《こえ》で、うさぎがしゃべった。

「え、しゃべった？　ぬいぐるみが？」

「ヤミーはしゃべるだけじゃないヤミ。動《うご》いたり、歌《うた》ったりできるヤミ。ここに……」

と言《い》ってうさぎは小《ちい》さなシルクハットがのっている自分《じぶん》の頭《あたま》をもふもふの腕《うで》で指《ゆび》さした。

「最高級《さいこうきゅう》ＡＩ《エーアイ》が入《はい》っている、おりこうさんなのヤミ～」

「へぇ、キミの名前《なまえ》はヤミーっていうの？　知奈《ちな》の次《つぎ》にかわいいね」

「その意見《いけん》には同意《どうい》しかねるヤミ。『ヤミーは世界一《せかいいち》かわいい』ってスイちゃんが言《い》ってたヤミ。そして、ヤミーは、願《ねが》いを叶《かな》える〈ハピ＊やみスイーツ〉を作《つく》ることができるヤミ」

知奈《ちな》が眉《まゆ》をひそめた。

「願《ねが》いを叶《かな》える……ホントに？」

知奈《ちな》は疑《うたが》わしげにヤミーを見《み》る。

ヤミーは、まったく気《き》にする様子《ようす》もなく、小首《こくび》をかしげた。耳《みみ》がたるんと揺《ゆ》れる。

ヤミーの目《め》は、ただのボタンなのに、不思議《ふしぎ》な紫色《むらさきいろ》に輝《かがや》きだした。

「悪夢《あくむ》に導《みちび》かれてここに来《き》たヤミね」

知奈《ちな》はごくんと唾《つば》を飲《の》みこんだ。

「な、なんでわかったの!?」

「悪夢《あくむ》にみるほど強《つよ》い願《ねが》いをもつ子《こ》だけが『ナイトメア』に来《こ》られるヤミ～」

「……願《ねが》い」

「キミの願《ねが》いを言《い》ってみるヤミ」

知奈《ちな》は、ズンと仁王立《におうだ》ちすると腕組《うでぐ》みをし、むくれ顔《がお》になった。

「時宗《ときむね》くんが知奈《ちな》のことを好《す》きになってくれないの。知奈《ちな》はこんなにかわいいのに。ありえない」

知奈《ちな》は、顔《かお》の横《よこ》でかわいくピースをすると、

「そんな知奈《ちな》の願《ねが》いは〜、時宗《ときむね》くんに知奈《ちな》のことを好《す》きにさせたい！」

キランとキメ顔《がお》をしてみせた。

知奈《ちな》の全力《ぜんりょく》のキメ顔《がお》だったが、AI《エーアイ》のヤミーには少《すこ》しも効果《こうか》がないみたいだ。

ヤミーは、淡々《たんたん》と丸《まる》いテーブルの上《うえ》にのっている一切《ひとき》れのパイを指《ゆび》さした。

「これは〈スキニナーレモンパイ〉。これを食《た》べればキミの願《ねが》いは叶《かな》うヤミ」

「これを食《た》べるだけで、願《ねが》いが叶《かな》うの？　時宗《ときむね》くんが知奈《ちな》のこと好《す》きになるの？」

ヤミーは、やみやみとうなずく。

知奈《ちな》は、ここに来《き》てようやく怪《あや》しさに気《き》づいた。

「お菓子《かし》を食《た》べるだけで願《ねが》いが叶《かな》うなんて、うそっぽい」

とたんにヤミーの声《こえ》が冷《つめ》たくなった。

「あ〜あ、もったいない『願《ねが》いなんて叶《かな》うわけない』って思《おも》いながら食《た》べると、『願《ねが》いな

んて叶《かな》わない』というキミの願《ねが》いが叶《かな》っちゃうヤミ。んじゃ、食《た》べないヤミね？」

ヤミーはパイがのったお皿《さら》をさげようとした。

そうなると、知奈《ちな》は、おいしそうなパイが惜《お》しくなってきた。

スッと手《て》を伸《の》ばすと、もふもふのヤミーの手《て》をつかむ。

「待《ま》って！　食《た》べたいから、信《しん》じるよ、うさぎ！」

「うさぎ呼《よ》びはやめるヤミ。ヤミーは、ヤミーだヤミ～」

と、ぷんぷん怒《おこ》っているヤミーにかまわず、知奈《ちな》は、さっさとテーブルについた。

「おいしそー♪」

パイをおおっているケーキドームをはずそうとするけど、びくともしない。

ヤミーは「まったく失礼《しつれい》な人間《にんげん》ヤミ」と、ぶつぶつ言《い》いながら、ポットの紅茶《こうちゃ》をティーカップに注《そそ》いでいる。

知奈《ちな》は銀色《ぎんいろ》のナイフとフォークをそれぞれ手《て》に持《も》ち、柄《え》をテーブルにトントンと打《う》ちつけた。

「知奈《ちな》はスイーツが大好《だいす》きなの。早《はや》く食《た》べたい。食《た》べたいよ」

知奈《ちな》のマナーの悪《わる》さにぷーと頬《ほお》をふくらませつつ、ヤミーは、香《かお》りのいい紅茶《こうちゃ》が入《はい》ったカップを差《さ》し出《だ》す。

「ちょっと待《ま》つヤミ」

ため息《いき》まじりに言《い》いながら、ヤミーは、ガラスのケーキドームをはずした。

あたりにさわやかなレモンの香《かお》りが広《ひろ》がる。

「さぁ、〈ハピ＊やみスイーツ〉で悪夢《あくむ》をあま～い夢《ゆめ》に変《か》えちゃうヤミ」

知奈《ちな》はくんくんと鼻《はな》を鳴《な》らした。レモンの香《かお》りだけで、胸《むね》がドキドキしてきた。

ほんのり焼《や》き色《いろ》がついた白《しろ》いメレンゲの下《した》にきれいな色《いろ》のレモンカードがたっぷり！

知奈《ちな》の大好物《だいこうぶつ》のパイ‼

急《いそ》いでスマホで写真《しゃしん》を撮《と》り、何《なに》やらパパッと入力《にゅうりょく》すると、

「いっただきまーす！」

知奈《ちな》は、レモンパイにナイフを入《い》れた。

サクッ。

レモンの香《かお》りがさらに強《つよ》くなった。知奈《ちな》の頭《あたま》の中《なか》がレモンの香《かお》りでジンとしびれたよう

になる。

知奈《ちな》の欲求《よっきゅう》は、まっすぐ直球《ちょっきゅう》。

ためらわずにレモンパイの大《おお》きなかけらを口《くち》に放《ほう》りこんだ。

雪《ゆき》のようにはかなげなメレンゲ。甘《あま》ずっぱい風味《ふうみ》で胸《むね》がキュンキュンしちゃうレモンカード。そして、サクサクのパイ生地《きじ》。三《みっ》つの味《あじ》の奇跡《きせき》のようなハーモニーが口《くち》の中《なか》でシンフォニーを奏《かな》でている。

「ふふっ。おいしーっ。いままで食《た》べたスイーツの中《なか》で一番《いちばん》おいしい」

あとは、夢中《むちゅう》でパイを食《た》べ、気《き》がつくと、お皿《さら》の上《うえ》には何《なに》も残《のこ》っていなかった。

「うさぎ!　めちゃくちゃおいしかった。おかわりはないの?」

と、ヤミーを振《ふ》り返《かえ》る知奈《ちな》。

「ないヤミ~」

ヤミーはぶすっとした顔《かお》。

「えー残念《ざんねん》。また食《た》べにきてもいい?」

「それはダメ。ヤミーの〈ハピ*やみスイーツ〉が食《た》べられるのは一生《いっしょう》に一度《いちど》だけ。なんせ、キミのハッピーな気持《きも》ちさえいただけば……いや、それはこっちの話《はなし》。とにかく、願《ねが》いが叶《かな》うのは一度《いちど》きりヤミ」

「ふ～ん」

と、不満《ふまん》げに口《くち》をとがらせた知奈《ちな》だったが、次第《しだい》に目《め》がトロンとしてきた。

「これでホントに願《ねが》いが叶《かな》うんだよね……うそついたらゆるさ……ふぁあ」

と、あくびをひとつしたかと思《おも》うと、テーブルの上《うえ》につっぷして寝《ね》てしまった。

「おやおや、寝《ね》てしまったヤミ。あ、そうそう。〈スキニナーレモンパイ〉のお代《だい》は、キミの願《ねが》いが叶《かな》ったときにいただくヤミ」

翌日《よくじつ》、知奈《ちな》は自宅《じたく》のベッドの上《うえ》で目《め》を覚《さ》ました。

「ふぁ～なんだか変《へん》な夢《ゆめ》をみたなぁ。でも、あのレモンパイすっごくおいしかった。本当《リアル》に食《た》べたい」

と、ひとりごとを言《い》いながら、むくっと起《お》きあがる。

ふと自分《じぶん》がレモンの香《かお》りに包《つつ》まれている気《き》がした。

指《ゆび》をくんくんすると、たしかにさわやかなレモンの香《かお》り。

「まさか、夢《ゆめ》じゃなかった⁉」


学校《がっこう》に着《つ》いた知奈《ちな》は、期待《きたい》に胸《むね》をそわそわさせていた。

(ホントに知奈《ちな》の願《ねが》いが叶《かな》うのかな？　時宗《ときむね》くん、知奈《ちな》のこと好《す》きになるのかな？)

教室《きょうしつ》の戸《と》がガラリとあいて、時宗《ときむね》くんと清瀬《きよせ》さんが一緒《いっしょ》に入《はい》ってきた。

「え、朝《あさ》も一緒《いっしょ》に登校《とうこう》してるの⁉」

知奈《ちな》の顔色《かおいろ》が変《か》わった。

周囲《しゅうい》のクラスメイトも、

「あのふたり、もうつきあってんじゃん」

「お似合《にあ》いだよね。優等生同士《ゆうとうせいどうし》」

と、ふたりの仲《なか》を認《みと》めている様子《ようす》。

「そんな！　うさぎのうそつき！」

知奈《ちな》はガタンと音《おと》をさせて席《せき》を立《た》ちあがった。

ところが、あわてて立《た》ちあがった拍子《ひょうし》に、イスに足《あし》をとられてバタンとうつぶせ&《アンド》大《だい》の字《じ》になって転《ころ》んでしまった。

「痛《い》ったぁ～」

痛《いた》さと恥《は》ずかしさで、じわっと涙《なみだ》がにじんだ。

すると、誰《だれ》かがかけよってきて知奈《ちな》の目《め》の前《まえ》に手《て》を差《さ》し出《だ》してくれた。

「大丈夫《だいじょうぶ》？」

見《み》あげると、時宗《ときむね》くんが心配《しんぱい》そうに知奈《ちな》の顔《かお》をのぞきこんでいる。

「え？」

「立《た》てる？」

いままで聞《き》いたことがないような優《やさ》しい声色《こわいろ》。

「う、うん」

知奈《ちな》は、差《さ》し出《だ》された時宗《ときむね》くんの右手《みぎて》をつかんで立《た》ちあがった。

時宗《ときむね》くんは、知奈《ちな》の制服《せいふく》やスカートについたほこりをさりげなく左手《ひだりて》で払《はら》ってくれた。

「よかった。ケガはないみたいだね」

「う、うん」

うなずく知奈《ちな》を時宗《ときむね》くんは、優《やさ》しい目《め》でいつくしむように見《み》つめている。

(あのレモンパイのおかげ?)

知奈《ちな》は首《くび》をかしげた。

授業中《じゅぎょうちゅう》もなぜか時宗《ときむね》くんがチラチラと振《ふ》り向《む》いては、知奈《ちな》のほうを見《み》てくる。

知奈《ちな》がジッと見《み》つめ返《かえ》すたびに、時宗《ときむね》くんはあわてて目《め》をそらすのだった。


そして、放課後《ほうかご》。

時宗《ときむね》くんが、はにかんだ様子《ようす》で知奈《ちな》に近《ちか》づいてきた。

その背後《はいご》では、清瀬《きよせ》さんが悔《くや》しげにくちびるをかみしめている。

「知奈《ちな》さん、よかったら、一緒《いっしょ》に帰《かえ》りませんか?」

「もちろん♡」

知奈《ちな》は、通《とお》りすぎざま、清瀬《きよせ》さんにドヤ顔《がお》を見《み》せつけると、時宗《ときむね》くんと並《なら》んで教室《きょうしつ》を出《で》た。

誰《だれ》もいない階段《かいだん》の踊《おど》り場《ば》まで来《き》たときだった。

時宗《ときむね》くんが急《きゅう》に立《た》ち止《ど》まった。

「どうしたの？」

と、振《ふ》り返《かえ》ったときには知奈《ちな》は時宗《ときむね》くんに抱《だ》きすくめられていた。

「えっ、ちょっと」

あまりにも大胆《だいたん》な時宗《ときむね》くんに、知奈《ちな》は頭《あたま》がくらくらした。

（こんなに積極的《せっきょくてき》な男子《だんし》、いままでいなかったよ。でも、こういうのも悪《わる》くない）

と、思《おも》いつつも知奈《ちな》は、はじらうふりを忘《わす》れなかった。

「ねぇ、恥《は》ずかしいよぉ」

時宗《ときむね》くんは、スーッと大《おお》きく息《いき》を吸《す》い、ため息《いき》まじりにささやいた。

「今日《きょう》の君《きみ》はどうしてそんなにいい香《かお》りがするの？　僕《ぼく》の好《す》きなレモンの香《かお》り。リラックス、集中力向上《しゅうちゅうりょくこうじょう》、レモンの香《かお》りにはさまざまな効果《こうか》が……」

知奈《ちな》はむりやり、時宗《ときむね》くんの腕《うで》の中《なか》から抜《ぬ》けだした。

髪《かみ》をすばやく整《ととの》えて、おびえた様子《ようす》を見《み》せる（もちろん計算《けいさん》）。

「び、びっくりしちゃったよ？」

「ごめん、どうしても気持《きも》ちが抑《おさ》えきれなくて……いったい僕《ぼく》はどうしてしまったんだ⁉」

時宗《ときむね》くんは、頭《あたま》を抱《かか》えている。

「勉強《べんきょう》に集中《しゅうちゅう》しなきゃいけないのに、こんなのって」

「え、でも時宗《ときむね》くんってば、清瀬《きよせ》さんといい感《かん》じだったよ？」

時宗《ときむね》くんは、両手《りょうて》でがしがしと頭《あたま》をかいた。

「彼女《かのじょ》には悪《わる》いけど、魅力《みりょく》を感《かん》じないから、だから安心《あんしん》して友達《ともだち》づきあいができたんだ。

彼女《かのじょ》、偏差値《へんさち》も七十二《ななじゅうに》だしね」

「そっか、知奈《ちな》は平均点《へいきんてん》ガールだから、時宗《ときむね》くんの友達《ともだち》にはなれないんだったね」

知奈《ちな》はしおらしく目《め》を伏《ふ》せると、悲《かな》しげに肩《かた》をすぼめる。

時宗《ときむね》くんは、小刻《こきざ》みに頭《あたま》を振《ふ》った。

「ち、違《ちが》う！　偏差値《へんさち》なんて、君《きみ》の前《まえ》ではゴミ。そ、そうだ！　君《きみ》は、友達《ともだち》じゃない。僕《ぼく》にとって友達以上《ともだちいじょう》の……」

真《ま》っ赤《か》になって口《くち》ごもった時宗《ときむね》くんを見《み》ている脳内《のうない》の知奈《ちな》は、勝《か》ち誇《ほこ》り、腕組《うでぐ》みをしていた。

(うん。形勢逆転《けいせいぎゃくてん》。知奈《ちな》のターンだ。いつものように強気《つよき》に攻《せ》める！)

「友達以上《ともだちいじょう》って？　どういう……意味《いみ》かな？」

知奈《ちな》は、小首《こくび》をかしげ、あどけない表情《ひょうじょう》で時宗《ときむね》くんをのぞきこむ。

「そ、それはその……」

もう隠《かく》しようもなく、顔《かお》を赤《あか》らめている時宗《ときむね》くんを見《み》て、知奈《ちな》はキュンキュンした。

(堅物男子《かたぶつだんし》がメロメロになってるの、すっごくかわいいんだけど)

「ねぇ、時宗《ときむね》くん。知奈《ちな》、昨日《きのう》の夜《よる》、不思議《ふしぎ》なレモンパイを食《た》べたんだ」

と、言《い》いながら知奈《ちな》は、自分《じぶん》のくちびるに人《ひと》さし指《ゆび》をあてた。

時宗《ときむね》くんが知奈《ちな》のくちびるをジッと見《み》つめる。目《め》が離《はな》せないようだ。

「レモンの香《かお》り、もしかして、知奈《ちな》のくちびるから香《かお》ってるのかも？」

時宗《ときむね》くんは、知奈《ちな》のくちびるに吸《す》い寄《よ》せられるように顔《かお》を近《ちか》づけてきた。

が、ハッと顔《かお》を後《うし》ろに引《ひ》いた。だけでなく、必死《ひっし》になって知奈《ちな》に背《せ》を向《む》けた。

「だ、ダメだ。僕《ぼく》には勉強《べんきょう》が。恋《こい》に落《お》ちているヒマなんてないんだ！」

（もう、じれったいなぁ）

知奈《ちな》は、時宗《ときむね》くんの前《まえ》にまわりこみ、背伸《せの》びして両手《りょうて》で時宗《ときむね》くんの顔《かお》をはさんだ。

まっすぐに時宗《ときむね》くんの目《め》をのぞきこむ。

「そういうの聞《き》きたいんじゃない。知奈《ちな》は、時宗《ときむね》くんの気持《きも》ちを知《し》りたいの！」

「僕《ぼく》をまどわせないでくれ‼」

必死《ひっし》で目《め》を閉《と》じる時宗《ときむね》くん。

（つふ、むしろ、まどわせたいの♡）

楽《たの》しくなってきた知奈《ちな》は、声《こえ》を張《は》った。

「では問題《もんだい》です！」

問題《もんだい》という言葉《ことば》に時宗《ときむね》くんがハッと目《め》を見開《みひら》いた。

「いま、ドキドキしてるでしょ？　知奈《ちな》から目《め》が離《はな》せないでしょ。この状況《じょうきょう》から導《みちび》きだされる答《こた》えは？」

時宗《ときむね》くんは、観念《かんねん》したように、ふーっとため息《いき》をついた。

（はい、知奈《ちな》の勝《か》ち♪）

時宗《ときむね》くんは甘《あま》くとろけそうな瞳《ひとみ》で、知奈《ちな》を見《み》つめ返《かえ》している。

「君《きみ》には完敗《かんぱい》だ。そう、ぼ、僕《ぼく》は……き、君《きみ》が好《す》き」

「時宗《ときむね》くん、震《ふる》えてる？」

「うん。だって告白《こくはく》なんてはじめてだから」

（キュンすぎてムリ）

知奈《ちな》の全身《ぜんしん》から、好《す》きという気持《きも》ちがわきあがってきた。

「正解《せいかい》のごほうび、キスしていいよ♡」

知奈《ちな》は、そっと目《め》を閉《と》じた。

苦労《くろう》して手《て》に入《い》れた恋《こい》だからこそ、勝利《しょうり》の味《あじ》も格別《かくべつ》。

――のはずだった。

時宗《ときむね》くんは、レモンの香《かお》りにからめとられるかのように、とまどいながらも顔《かお》を知奈《ちな》に近《ちか》づけてくる。

（レモンの香《かお》りのファーストキス。ドキドキすぎる。好《す》き。好《す》き）

知奈《ちな》の身体《からだ》からいっそう強《つよ》くレモンの香《かお》りがただよった。

そのときだった。突然《とつぜん》、世界《せかい》が白黒《しろくろ》に変《か》わり、ふたりの動《うご》きが止《と》まった。

「それでは、〈スキニナーレモンパイ〉のお代《だい》をいただきますヤミ」

あたりに機械《きかい》じみた子《こ》どものような声《こえ》が響《ひび》いた。

知奈《ちな》と時宗《ときむね》くんは、顔《かお》が触《ふ》れ合《あ》いそうな距離《きょり》のまま、彫像《ちょうぞう》のようにかたまっている。

ふたりだけではなかった。世界《せかい》がまるごと瞬間冷凍《しゅんかんれいとう》されたみたいに、動《うご》きを止《と》めていた。

その中《なか》で、もふもふうさぎのヤミーだけが色《いろ》をもち、ピョンピョンとごきげんに跳《は》ねている。

白黒《しろくろ》の世界《せかい》の中《なか》で、知奈《ちな》の身体《からだ》からは、レモン色《いろ》のもわっとしたミストがとめどなくわきでている。

このミストは知奈《ちな》の願《ねが》いが叶《かな》ったというハッピーな気持《きも》ち。

ヤミーがホイッパーで知奈《ちな》の身体《からだ》からわきあがっているレモン色《いろ》のミストをからめとっていく。

「願《ねが》いが叶《かな》ってよかったヤミ〜」

レモン色《いろ》のミストを全部《ぜんぶ》集《あつ》めると、ヤミーは、そう言《い》い残《のこ》して、ピョンピョンと去《さ》っていった。

ヤミーの姿《すがた》が消《き》えると、世界《せかい》にはまた色《いろ》が戻《もど》って、あらゆるものが動《うご》きだした。

知奈《ちな》の〈好《す》きが叶《かな》ってハッピー♡〉の気持《きも》ちは、〈スキニナーレモンパイ〉のお代《だい》として、ぜーんぶ消《き》え失《う》せてしまった。スーッと体温《たいおん》がさがり、胸《むね》のドキドキも消《き》えてしまって、夢《ゆめ》から覚《さ》めた気持《きも》ちで知奈《ちな》が目《め》をあけると、至近距離《しきんきょり》にダサい男子《だんし》の顔《かお》があった。

（え、近《ちか》くで見《み》ると、こんなカエルっぽい顔《かお》だったんだ⁉ ムリっ、知奈《ちな》、カエル嫌《きら》い‼）

しかも、彼《かれ》のくちびるは、タコみたいにむにゅっと前《まえ》に出《で》ている。

「えっ、な、何《なに》してんの！」

知奈《ちな》は、あわてて彼《かれ》の顔《かお》を両手《りょうて》で思《おも》いきり押《お》しのけた。

勢《いきお》いあまって、時宗《ときむね》くんはお尻《しり》から倒《たお》れこんだ。

「え？」

時宗《ときむね》くんのメガネは、カッコ悪《わる》くずれて、斜《なな》めになってしまっている。

その様子《ようす》に知奈《ちな》は、ムカついた。

「ホントにムリなんだけど！」

時宗《ときむね》くんは、がくぜんとして知奈《ちな》を見《み》つめている。

そのときだった。

「そんなことだと思《おも》っていました！」

階段《かいだん》の上《うえ》のほうから甲高《かんだか》い声《こえ》が聞《き》こえた。見《み》あげると清瀬《きよせ》さんが仁王立《におうだ》ちしている。

清瀬《きよせ》さんは、階段《かいだん》をかけおりてくると、座《すわ》りこんでいる時宗《ときむね》くんをかばうように知奈《ちな》の前《まえ》に立《た》ちはだかった。

しかし、時宗《ときむね》くんはグイッと清瀬《きよせ》さんを押《お》しのけると、目《め》をぎらつかせて知奈《ちな》を見《み》つめた。

「ふふ、清瀬《きよせ》さん。わからないかな？　知奈《ちな》さんは、こうやって、優《やさ》しくして、また冷《つめ》たくして僕《ぼく》の気《き》を引《ひ》こうとしてるんだよ。かわいいね、知奈《ちな》」

そのとりつかれたような時宗《ときむね》くんの瞳《ひとみ》に知奈《ちな》はゾッとした。

レモン色《いろ》の小《ちい》さな夜話《ナイト・テール》

夜空《よぞら》にはレモン色《いろ》の十三夜月《じゅうさんやづき》。

白《しろ》い花《はな》が咲《さ》きみだれる『ナイトメア』の温室《おんしつ》。

ヤミーはスイが座《すわ》っているロッキングチェアのとなりのサイドテーブルで、

「スイちゃんはお花《はな》が好《す》き～♪　スイちゃんはスイーツが好《す》き～♪」

と、でたらめな歌《うた》を歌《うた》いながら、ホイッパーにくっついたレモン色《いろ》のミストをガラスの小瓶《こびん》に詰《つ》めていた。

ミストをすべて詰《つ》め終《お》わったヤミーは、小瓶《こびん》をランプの光《ひかり》にかざしてみた。

小瓶《こびん》の中《なか》におさまったレモン色《いろ》のミストは、ゆらゆらと揺《ゆ》れている。

「きれいなレモン色《いろ》ヤミ～。スイちゃん、これは知奈《ちな》ちゃんのハッピーな気持《きも》ちでできた

〈ハピ＊やみエッセンス〉ヤミ。このエッセンスを使《つか》って、世界一《せかいいち》ゆめかわな〈ハピ＊やみフラワーケーキ〉を作《つく》るから、スイちゃん、楽《たの》しみに待《ま》っててヤミ」

ヤミーは、得意《とくい》げにレモン色《いろ》の小瓶《こびん》をスイに向《む》かってかかげてみせた。

（「ヤミーはいい子《こ》だね」って、ほめてくれるかも）と、期待《きたい》に満《み》ちた目《め》でスイを見《み》あげる。

だけどスイの口《くち》はかたく閉《と》じられたまま。

その瞳《ひとみ》は、ヤミーをすりぬけて、背後《はいご》の闇《やみ》を見《み》つめているよう。

ヤミーは、ふるっと一度《いちど》頭《あたま》を振《ふ》り、話題《わだい》を変《か》えた。

「……スイちゃん、ボクとはじめて会《あ》ったときのこと覚《おぼ》えてる？　スイちゃんは赤《あか》ちゃんだったから覚《おぼ》えてないかも……。でも、ボクは覚《おぼ》えているヤミ。スイちゃんが生《う》まれた日《ひ》、パパさんが『スイのはじめてのお友達《ともだち》だよ！』って横《よこ》に寝《ね》かせてくれたヤミ。赤《あか》ちゃんのスイちゃんは、いつもニコニコしてて、まるで天使《てんし》。みんなひと目《め》でスイちゃんのことを好《す》きになってたヤミ……」

ヤミーは、しばらくスイの顔《かお》を見《み》あげていたが、やはり反応《はんのう》はない。小《ちい》さく肩《かた》を落《お》としたヤミーは、レモン色《いろ》の〈ハピ＊やみエッセンス〉が入《はい》った小瓶《こびん》を手《て》に温室《おんしつ》を出《で》た。

そして店《みせ》の中《なか》にある透明《とうめい》のショーケースの中《なか》に小瓶《こびん》をそっと置《お》いた。

「まずは一本《いっぽん》め。もっともっとたくさんのハッピーな気持《きも》ちを手《て》に入《い》れて、世界一《せかいいち》の〈ハピ＊やみフラワーケーキ〉を作《つく》るヤミ。そしてスイちゃんの笑顔《えがお》をとり戻《もど》すヤミ！」

さて、知奈《ちな》のその後《ご》はといえば——。

〈好《す》き〉という気持《きも》ちが消《き》えてしまい〈恋《こい》〉に興味《きょうみ》がなくなった。それればかりかモテムーブをやめたために知奈《ちな》をキラキラさせていた魅力《みりょく》も消《き》え失《う》せ、男子《だんし》からモテなくなった。

しかし、そんな中《なか》、時宗《ときむね》くんだけはいまも勉強《べんきょう》そっちのけで知奈《ちな》のことを「好《す》き」と追《お》いかけまわしているのだとか。

そのことをヤミーは知《し》らないが、もし知《し》ったとしても、

「知奈《ちな》ちゃんの願《ねが》いが叶《かな》ってよかったヤミ～」と得意《とくい》げに胸《むね》をはるのかもしれない。

二《ふた》皿《さら》め　ユーショートケーキ

ここは、フィギュアスケートジュニア選手権《せんしゅけん》の会場《かいじょう》。

全国《ぜんこく》から集《あつ》まった優秀《ゆうしゅう》な中高生《ちゅうこうせい》スケーターたちの戦《たたか》いの場《ば》だ。

フィギュアスケートは、ショートとフリーという二種類《にしゅるい》のプログラムを滑《すべ》って得点《とくてん》を競《きそ》う。今日《きょう》はその二日《ふつか》め、フリープログラムの試合《しあい》が行《おこな》われ、優勝者《ゆうしょうしゃ》が決《き》まる。

オーバル型《がた》のスケートリンクと、それをぐるりととり巻《ま》く観客席《かんきゃくせき》。

会場全体《かいじょうぜんたい》に期待《きたい》と緊張感《きんちょうかん》が交錯《こうさく》している。

いまリンク上《じょう》でウォーミングアップしている五十鈴聖花《いすずせいか》は、ショートプログラムで大失《だいしっ》敗《ぱい》して、二十四人中《にじゅうよにんちゅう》、十九位《じゅうきゅうい》という順位《じゅんい》。トリプルアクセルや四回転《よんかいてん》ジャンプといった高《こう》難度技《なんどわざ》がない聖花《せいか》にとっては、とうてい逆転優勝《ぎゃくてんゆうしょう》など望《のぞ》めない状況《じょうきょう》だった。

リンクサイドのコーチも観客《かんきゃく》たちも、誰《だれ》ひとりとして聖花《せいか》が優勝《ゆうしょう》できるなんて思《おも》っていない。

だけど、聖花《せいか》だけは、（逆転優勝《ぎゃくてんゆうしょう》できちゃうかも⁉）と、ひそかに期待《きたい》していた。

「五十鈴聖花《いすずせいか》さん　私立B学園中等部《しりつビーがくえんちゅうとうぶ》」

会場《かいじょう》に聖花《せいか》の名前《なまえ》がコールされた。

聖花《せいか》は、リンクの中央《ちゅうおう》に立《た》ち、胸《むね》の前《まえ》で両手《りょうて》を重《かさ》ね、優《やさ》しく目《め》を閉《と》じた。可憐《かれん》なピンクの衣装《いしょう》。首《くび》もとには金《きん》のメダルを模《も》した小《ちい》さなペンダントが光《ひか》る。

軽快《けいかい》なピアノの音《ね》が流《なが》れた。数年前《すうねんまえ》にヒットした映画《えいが》『フェードアウト・ドリーム』の主題歌《しゅだいか》だ。

聖花《せいか》はパッと目《め》を開《ひら》いた。

まるで花《はな》が咲《さ》いたような鮮《あざ》やかな表情《ひょうじょう》に観客《かんきゃく》はハッと息《いき》をのんだ。

聖花《せいか》がはずむように氷上《ひょうじょう》を滑《すべ》りだすと、もう誰《だれ》も彼女《かのじょ》から目《め》を離《はな》せなくなってしまった。

滑《すべ》りはじめてすぐ、パーンとトランペットの音《おと》が響《ひび》く。その瞬間《しゅんかん》、聖花《せいか》はシュッと高《たか》く前向《まえむ》きに跳《と》びあがったかと思《おも》うと、クルクルクルクルと三回転半《さんかいてんはん》まわって後《うし》ろ向《む》きに着地《ちゃくち》した。

コーチは「うそっ⁉」と目《め》をむき、観客《かんきゃく》たちは「ワーッ」と歓声《かんせい》をあげた。

あまりにも鮮《あざ》やかなトリプルアクセルを決《き》めたのだった。

試合《しあい》ではもちろんのこと、練習《れんしゅう》でも成功《せいこう》したことのない高難度《こうなんど》ジャンプだ。

聖花自身《せいかじしん》も驚《おどろ》いていた。

（ヤミーの〈ハピ＊やみスイーツ〉は、本物《ほんもの》だったんだ！　……それなら！）

聖花《せいか》は、次《つぎ》のジャンプへの軌道《きどう》に入《はい》った。

スピードをあげる。

クルッとターンして後《うし》ろ向《む》きに。

右足《みぎあし》を振《ふ》りあげ、左足《ひだりあし》のインサイドエッジでシュッと氷《こおり》を蹴《け》って跳《と》びあがった。

小《ちい》さな竜巻《たつまき》みたいに身体《からだ》がまわって、気《き》づいたら四回転《よんかいてん》サルコウを着地《ちゃくち》していた。

女子《じょし》ではほとんど跳《と》べる選手《せんしゅ》がいない難《むずか》しいジャンプの成功《せいこう》に、会場《かいじょう》は大《おお》きな歓声《かんせい》と拍《はく》手《しゅ》に包《つつ》まれた。

（逆転優勝《ぎゃくてんゆうしょう》できる！）

聖花《せいか》はそう確信《かくしん》した。

前日《ぜんじつ》の夜《よる》。

ショートプログラムの演技《えんぎ》でミスを重《かさ》ねてしまった聖花《せいか》は、宿泊先《しゅくはくさき》のホテルのベッドに、ふてくされた表情《ひょうじょう》をして、あおむけに寝《ね》ころんでいた。

十九位《じゅうきゅうい》なんて、優勝《ゆうしょう》はとうてい無理《むり》。テンションがさがり、モチベーションも消《き》え失《う》せている。

スマホが鳴《な》った。母《はは》からの電話《でんわ》だ。

「はい」

聖花《せいか》がブスッとした声《こえ》で応答《おうとう》すると、母《はは》の小言《こごと》が嵐《あらし》のように襲《おそ》いかかってきた。

『ちょっと聖花《せいか》、今日《きょう》の演技《えんぎ》はどういうこと？　この大会《たいかい》で優勝《ゆうしょう》すれば、海外《かいがい》のクラブチームに移籍《いせき》できることになっているのよ!?　せっかくのチャンスをムダにして！　あなたはね、オリンピックでメダルをとるために聖花《せいか》と名《な》づけたのよ！………』

まだ母《はは》の小言《こごと》は続《つづ》いていたが、聖花《せいか》はブチッと途中《とちゅう》で切《き》った。

「私《わたし》が一番悔《いちばんくや》しいって！」

イライラした表情《ひょうじょう》でスマホを操作《そうさ》する聖花《せいか》。

「はぁ、大好《だいす》きなスイーツの写真《しゃしん》でも見《み》て、気分転換《きぶんてんかん》しよ〜っと」

ふと、とある画面《がめん》に目《め》をとめた。

「おいしそ〜っ」

それは、世《よ》にもおいしそうなレモンパイの写真《しゃしん》。

【このレモンパイ、すごすぎ。おいしいだけじゃなくて、食《た》べれば願《ねが》いが叶《かな》うらしい！

ハッピーになれるヤミーな〈ハピ＊やみスイーツ〉。チナの恋《こい》は、どーなるかな……？
#ハピ＊やみ　#洋菓子店《ようがしてん》ナイトメア　#うさぎのパティシエ】
数日前《すうじつまえ》にチナという子《こ》が投稿《とうこう》した写真&《しゃしんアンド》コメントだった。

「〈ハピ＊やみスイーツ〉食《た》べてみたい!!　もう半年《はんとし》、ううん八《はち》か月《げつ》もケーキ食《た》べてない」

聖花《せいか》は、軽《かろ》やかにジャンプを跳《と》べる体形《たいけい》をキープするために、ケーキを食《た》べるのは年一《ねんいっ》回《かい》、誕生日《たんじょうび》だけと決《き》めている。本当《ほんとう》はスイーツが大好《だいす》きなのだけど。

魅入《みい》られたように画面《がめん》を眺《なが》めていた聖花《せいか》だったが、ふといぶかしげにつぶやいた。

「え、『食《た》べれば願《ねが》いが叶《かな》う』？　もしかして、このケーキ食《た》べたら、明日《あした》、大逆転《だいぎゃくてん》で優《ゆう》勝《しょう》できちゃうとか？　……いや、そんなおいしい話《はなし》、あるわけないか。この子《こ》だって結果《けっか》どうなったか書《か》いてないし。それにうさぎのパティシエって何《なに》!?　ただの釣《つ》り投稿《とうこう》かも」

そう結論《けつろん》づけると、聖花《せいか》はポイとスマホを放《ほう》りだした。

「明日《あした》のフリーのイメトレでもしよーっと」

聖花《せいか》は、ベッドに寝《ね》ころんだまま、ギュッと目《め》を閉《と》じて、明日滑《あしたすべ》るプログラムのイメージトレーニングをはじめた。

明日《あした》のフリーで滑《すべ》るのは、『フェードアウト・ドリーム』という映画《えいが》の主題歌《しゅだいか》。

魔法《まほう》で一夜《いちや》にしてお金《かね》もちになった主人公《しゅじんこう》が、傍若無人《ぼうじゃくぶじん》にふるまい、やがてはお金《かね》も友《ゆう》人《じん》もすべて失《うしな》ってしまうというバッドエンドだけど、ドラマチックなストーリー。

このプログラムを滑《すべ》るたびに、（こんなふうに楽《らく》して夢《ゆめ》が叶《かな》ったらいいのに）と、思《おも》っている。本音《ほんね》をいえば練習《れんしゅう》もあまり好《す》きじゃない。だけど、幼《おさな》い頃《ころ》からずっとフィギュアスケートだけがんばってきたし、優勝《ゆうしょう》して有名《ゆうめい》になりたい気持《きも》ちはある。

「幸運《こううん》を得《え》た主人公《しゅじんこう》の最高《さいこう》の笑顔《えがお》でスタート……音楽《おんがく》が流《なが》れたら三秒数《さんびょうかぞ》えて、滑《すべ》りだして大《おお》きく右側《みぎがわ》にカーブ。最初《さいしょ》のジャンプは、ダブルアクセル。そこからターンをはさんで、スピードをあげてコンビネーション……」

脳内《のうない》でプログラムを映像《えいぞう》として再生《さいせい》しているうちに、聖花《せいか》は、まるで自分《じぶん》がいま、氷《こおり》の上《うえ》に立《た》っているかのような不思議《ふしぎ》な感覚《かんかく》に陥《おちい》った。

あまりにもクリアなイメージの中《なか》にのみこまれていく――。


会場《かいじょう》に鳴《な》り響《ひび》くポップな音楽《おんがく》。

観客席《かんきゃくせき》から感《かん》じる心地《ここち》よい緊張感《きんちょうかん》。

肌《はだ》を突《つ》き刺《さ》すような冷《つめ》たい空気《くうき》を切《き》り裂《さ》いて滑《すべ》っていく自分《じぶん》。

ジャンプの軌道《きどう》に入《はい》ったときだった。

ふと、(失敗《しっぱい》するかも)と、不安《ふあん》がよぎった。

シュッと氷《こおり》を蹴《け》って跳《と》びあがったけれど、空中《くうちゅう》でバランスを崩《くず》し氷上《ひょうじょう》に倒《たお》れてしまった。

会場《かいじょう》から観客《かんきゃく》たちの大《おお》きなため息《いき》が聞《き》こえた。

立《た》ちあがった聖花《せいか》は信《しん》じられない光景《こうけい》を見《み》た。

なんと観客《かんきゃく》のため息《いき》が、たくさんの灰色《はいいろ》の石《いし》になって聖花《せいか》に向《む》かって飛《と》んでくる。

あわてて逃《に》げようと滑《すべ》りだしたけど、灰色《はいいろ》の石《いし》は、身体《からだ》のあちこちにピタッ、ピタッとくっついてくる。

「えっ、何《なに》これ!?」

身体中《からだじゅう》にくっついた石《いし》の重《おも》さに耐《た》えきれず、氷《こおり》の上《うえ》に倒《たお》れた。すると、石《いし》の重《おも》みで、リンクの氷《こおり》がバリンと音《おと》をたてて割《わ》れてしまった。その裂《さ》け目《め》に落《お》ちていく聖花《せいか》。

「いやぁ！！　助《たす》けて!!」

という自分《じぶん》の叫《さけ》び声《ごえ》で目《め》が覚《さ》めた。


どうやら夢《ゆめ》をみていたようだ。

だけど、目《め》を開《ひら》いた聖花《せいか》は、ふるふると頭《あたま》を振《ふ》った。

「夢《ゆめ》から覚《さ》めたはずなのに、ここはどこ!?」

そこは、ホテルのベッドの上《うえ》ではなかった。

うす紫色《むらさきいろ》の霧《きり》がたちこめる街角《まちかど》。

空《そら》には、十六夜月《いざよいづき》と星《ほし》。石畳《いしだたみ》の歩道《ほどう》に沿《そ》って洋館《ようかん》が立《た》ち並《なら》んでいる。

聖花《せいか》の正面《しょうめん》に建《た》つ黒《くろ》い洋館《ようかん》のとんがり屋根《やね》に、五本《ごほん》の十字架《じゅうじか》が不規則《ふきそく》に突《つ》き刺《さ》さっていて、なんだか禍々《まがまが》しい。

そして、この建物《たてもの》の中《なか》にだけあかりがついている。

どうやら夢《ゆめ》ではない証拠《しょうこ》に、吹《ふ》く風《かぜ》がひんやりと感《かん》じられる。

「夢《ゆめ》じゃないなら、いったい何《なに》？」

そんな聖花《せいか》のつぶやきに反応《はんのう》したかのように、ギィと音《おと》がして、正面《しょうめん》の黒《くろ》い建物《たてもの》の扉《とびら》がゆっくりと内側《うちがわ》から開《ひら》いた。

不気味《ぶきみ》な洋館《ようかん》である。

中《なか》からおばけでも出《で》てくるのかと、両手《りょうて》をグッと握《にぎ》りしめ、いつでも逃《に》げられるように身《み》がまえる聖花《せいか》。

すると、クリーム色《いろ》の長《なが》い耳《みみ》がピョコピョコと二本出《にほんで》てきた。かと思《おも》うと、もふもふのうさぎのぬいぐるみが、扉《とびら》から顔《かお》だけをのぞかせた。

うさぎは長《なが》い耳《みみ》の間《あいだ》に小《ちい》さなシルクハットをのせている。目《め》はうす紫色《むらさきいろ》のボタンだ。

聖花《せいか》が「うさぎ?」と眉《まゆ》をひそめると、うさぎは、もふもふの右手《みぎて》で聖花《せいか》を手招《てまね》きした。

「ハピ*やみ洋菓子店《ようがしてん》『ナイトメア』へようこそ。悪夢《あくむ》に導《みちび》かれて来《き》たヤミね」

ハッと目《め》を見開《みひら》く聖花《せいか》。

「うさぎ……『ナイトメア』……まさか、SNS《エスエヌエス》で見《み》た……そういえば、さっき私《わたし》……悪《あく》夢《む》をみてた!」

ヤミーは手《て》で口《くち》もとを押《お》さえると、や・み・や・み・と笑《わら》った。

「神《かみ》パティシエのボク、ヤミーがキミのために、こちらを用意《ようい》したヤミ」

うさぎがひょこっと全身《ぜんしん》を現《あらわ》し、ケーキがのったお皿《さら》を聖花《せいか》にうやうやしく差《さ》し出《だ》した。

ガラスのケーキドームにおおわれたそのケーキを見《み》たとたん、聖花《せいか》の身体《からだ》に電撃《でんげき》が走《はし》る。

聖花《せいか》は、思《おも》わずギュッと目《め》をつぶり、ケーキから顔《かお》をそむけた。

(明日《あした》は試合《しあい》なんだから、ケーキは絶対NG《ぜったいエヌジー》!!)

だけど、ほんの一瞬《いっしゅん》見《み》ただけなのに、ケーキが聖花《せいか》の脳裏《のうり》に焼《や》きついてしまった。

「これは、キミのために作《つく》った特別《とくべつ》なショートケーキなんだヤミ~」

「私《わたし》のためのケーキ?」

（……ひと目見《めみ》るだけ。食《た》べなければいい）

そう思《おも》いながら、聖花《せいか》は目《め》をあけてケーキを見《み》てしまった。

ヤミーの言《い》うとおり、自分《じぶん》のために作《つく》られた特別《とくべつ》なケーキだということはすぐわかった。

ケーキの形《かたち》がリンクのようなオーバル型《がた》、雪《ゆき》のような純白《じゅんぱく》の生《なま》クリームの層《そう》。その上《うえ》をゼリーでコーティングした表面《ひょうめん》はまるで氷《こおり》が張《は》られているよう。イチゴは王冠《おうかん》の形《かたち》にカットされていて、ケーキの周囲《しゅうい》には、羽根《はね》の形《かたち》のホワイトチョコがはりつけてある。そして、クリームで描《えが》かれたリボンの先《さき》には、金色《きんいろ》のメダルが燦然《さんぜん》と輝《かがや》いていた。

聖花《せいか》は、うっとりとケーキを見《み》つめた。

「私《わたし》のケーキだ」

「ささ、中《なか》に入《はい》ってめしあがれヤミ」

と言《い》うヤミーの言葉《ことば》に、もうあらがうことなどできなかった。

店内《てんない》に入《はい》ると、ヤミーはテーブルの上《うえ》にケーキを置《お》き、「温《あたた》かいお茶《ちゃ》をご用意《ようい》しますヤミ」と、中央《ちゅうおう》に丸窓《まるまど》のある金属扉《きんぞくとびら》の向《む》こうに去《さ》っていく。

ひとり残《のこ》された聖花《せいか》は、くいいるようにケーキを見《み》つめている自分《じぶん》に気《き》づきハッとした。

「ダメダメ！」と自分《じぶん》に言《い》いきかせ、目《め》をそらすために店内《てんない》をぐるりと見《み》わたした。

小《ちい》さな丸《まる》テーブルとイスが一組《ひとくみ》だけ、ピンクと黒《くろ》のタイル張《ば》りの床《ゆか》の上《うえ》に置《お》かれている。壁《かべ》はピンクの濃淡《のうたん》のモロッカンタイル。天井《てんじょう》にはちょっと不気味《ぶきみ》な黒《くろ》いロウソクのシャンデリア。ロウソクの炎《ほのお》が長《なが》く伸《の》びたり、縮《ちぢ》んだりして、ダンスを踊《おど》っているようだ。

ふと見《み》ると、店《みせ》の左奥《ひだりおく》にガラスの扉《とびら》がある。なんだか気《き》になった聖花《せいか》は、扉《とびら》に近《ちか》づいてみた。

ガラスの扉《とびら》に顔《かお》をくっつけ中《なか》をのぞきこむと、そこは白《しろ》い花《はな》が咲《さ》きみだれる温室《おんしつ》だった。

「きれい……」と言《い》いかけて、聖花《せいか》はハッと目《め》をこらした。

白《しろ》いドレスを着《き》た女《おんな》の子《こ》がロッキングチェアに座《すわ》っていた。しかし、その顔《かお》は氷《こおり》のように無表情《むひょうじょう》だった。

「え、人間《にんげん》？　それとも人形《にんぎょう》？」

もっとよく見《み》たくて思《おも》わず扉《とびら》をあけようとしたとき、ティーセットを手《て》にしたヤミーが戻《もど》ってきた。

ヤミーは、聖花《せいか》が温室《おんしつ》をのぞきこんでいるのに気《き》づくと、あわてて、

「困《こま》りますヤミ。そこは部外者立《ぶがいしゃた》ち入《い》り禁止《きんし》なのヤミ！」

と、聖花《せいか》の手《て》を引《ひ》いて、丸《まる》いテーブルにつかせた。

そして、こぽこぽとカップに紅茶《こうちゃ》を注《そそ》ぎながら、横目《よこめ》で聖花《せいか》を見《み》た。

「さて、夢《ゆめ》に導《みちび》かれしキミ。キミには、悪夢《あくむ》にみるほど叶《かな》えたい願《ねが》いがあるヤミね？」

ヤミーの声《こえ》に聖花《せいか》は、コクリとうなずいた。

「明日《あした》の試合《しあい》で優勝《ゆうしょう》して金《きん》メダルをとりたい……今日《きょう》のショートで大失敗《だいしっぱい》しちゃったから、無理《むり》かもしれないけど」

「心配《しんぱい》いらないヤミ。このケーキを食《た》べれば、どんな願《ねが》いも叶《かな》っちゃうヤミ」

「どんな願《ねが》いも？　ホントに？」

「だって、これは〈ユーショートケーキ〉。これを食《た》べれば優勝《ゆうしょう》して金《きん》メダルをゲットできちゃうスペシャルなスイーツ。さぁ、キミの悪夢《あくむ》をあま～い夢《ゆめ》に変《か》えちゃうヤミ」

鼻歌《はなうた》を歌《うた》うように言《い》いながら、ヤミーはガラスのケーキドームをはずした。

イチゴと生《なま》クリームの甘《あま》い香《かお》りが部屋中《へやじゅう》に広《ひろ》がり、聖花《せいか》の全身《ぜんしん》を包《つつ》みこむ。

「これが〈ハピ＊やみスイーツ〉!?」

聖花《せいか》の言葉《ことば》にヤミーがうなずく。耳《みみ》がたるんと垂《た》れる。

あまりにも〈ユーショートケーキ〉を食《た》べたいという気持《きも》ちが強《つよ》くなり、聖花《せいか》の頭《あたま》がもうろうとしてきた。ごくりと唾《つば》を飲《の》む。

（お、おいしそう……おいし……そうだよ、おいしいよ。だってこれを食《た》べるだけで優勝《ゆうしょう》できるなんて、そんなおいしいことある⁉）

まるで魔法《まほう》にかけられたようにフォークを手《て》にとった聖花《せいか》。目《め》はもうケーキにくぎづけになっている。

しかし、フォークを持《も》つ手《て》は空中《くうちゅう》に止《と》まった。

明日《あした》、ジャンプが跳《と》べなくなったらどうしようという不安《ふあん》がわいてきたのだ。

迷《まよ》っている聖花《せいか》の様子《ようす》に、ヤミーがすねぎみに言《い》い放《はな》った。

「キミが食《た》べないなら、このケーキはほかの子《こ》にあげるヤミ。ほかにも金《きん》メダルをとりたい子《こ》はいっぱいいるヤミ」

ヤミーがケーキのお皿《さら》をひっこめようとすると、聖花《せいか》は、反射的《はんしゃてき》にお皿《さら》をつかんだ。

「お願《ねが》い！　持《も》っていかないで！」

「だって、食《た》べたくなさそうヤミ」

「ジャンプが跳《と》べるように体形《たいけい》をキープしないといけないから、ずっとスイーツを断《た》ってきた。ホントは大好《だいす》きなの。でも……明日《あした》も大切《たいせつ》な試合《しあい》なのに、食《た》べてもいいのかな……」

聖花《せいか》の声《こえ》が小《ちい》さくなった。

ヤミーは、腕組《うでぐ》みをした。

「ふ〜ん。残念《ざんねん》ヤミね。ヤミーのお菓子《かし》はひと口《くち》食《た》べれば夢心地《ゆめごこち》。ふた口《くち》食《た》べれば病《や》みつきに。ぜーんぶ食《た》べれば願《ねが》いが叶《かな》うヤミ。だけどヤミーのお菓子《かし》が食《た》べられるのは一生《いっしょう》に一度《いちど》だけ。二度《にど》めはないのヤミ」

「それって、つまり……」

「そう、願《ねが》いが叶《かな》うチャンスは一度《いちど》きりってことヤミ〜」

なぜかうれしそうに耳《みみ》をぴくぴくさせながらヤミーが声《こえ》をはずませる。

（チャンスは一度《いちど》きり……食《た》べないと後悔《こうかい》しそう）

聖花《せいか》はフォークを持《も》ちなおした。そして、ぐぐっとまなじりをつりあげると、ケーキをすくって、パクッと食《た》べた。

あわ雪《ゆき》のようなはかない生《なま》クリーム。ふっわふっわのスポンジ。そして、ジュワーッと甘《あま》ずっぱい果汁《かじゅう》あふれる王冠《おうかん》の形《かたち》のイチゴ。

食《た》べた瞬間《しゅんかん》、聖花《せいか》の頭《あたま》の中《なか》に花《はな》が咲《さ》き、虹《にじ》がかかった。

「お、おいしい。こんなの食《た》べたことない‼」

聖花《せいか》の顔《かお》にとろけそうな笑《え》みが浮《う》かぶ。

すると、ケーキにあしらわれた金《きん》メダルが煌々《こうこう》と輝《かがや》きはじめた。

聖花《せいか》が驚《おどろ》いていると、ヤミーが声《こえ》をかけた。

「それは、チョコに金《きん》の粉《こな》をまぶしたものだから食《た》べられるヤミ」

「金《きん》メダルは、私《わたし》のもの！」

聖花《せいか》は、光《ひか》り輝《かがや》く金《きん》メダルを口《くち》の中《なか》に放《ほう》りこんだ。

すると、身体《からだ》も心《こころ》もふわふわと軽《かる》くなった。

まるで背中《せなか》に羽《はね》でも生《は》えたみたいだ。

久《ひさ》しぶりに食《た》べたスイーツがこの世《よ》のものとは思《おも》えないほどおいしくて、あっという間《ま》に完食《かんしょく》。聖花《せいか》は、目《め》をトロンとさせると、「しあわ……せ」と、満足《まんぞく》そうにつぶやき寝入《ねい》ってしまった。

スースーと寝息《ねいき》をたてている聖花《せいか》の耳《みみ》にヤミーがささやいた。

「おっと言《い》い忘《わす》れていたヤミ。キミの願《ねが》いが叶《かな》ったときに、〈ユーショートケーキ〉のお代《だい》をいただくヤミ〜」


そんな昨日《きのう》の出来事《できごと》を走馬灯《そうまとう》のように思《おも》い出《だ》しながら、聖花《せいか》は氷上《ひょうじょう》を滑《すべ》っていた。

（勝《か》てる！　絶対《ぜったい》、優勝《ゆうしょう》できる）

いつもとは違《ちが》う自信《じしん》が全身《ぜんしん》からあふれだしてくる。

身体《からだ》の中《なか》からわきあがる喜《よろこ》びで、聖花《せいか》の顔《かお》も手足《てあし》もキラキラと輝《かがや》いている。

その後《ご》のジャンプもステップも気持《きも》ちいいくらい決《き》まった。

最後《さいご》のスピンは、自分自身《じぶんじしん》がクルクルまわる花《はな》になったようだった。

両手《りょうて》を胸《むね》の前《まえ》で重《かさ》ねるフィニッシュポーズを決《き》めるか決《き》めないかのタイミングで、感動《かんどう》を抑《おさ》えきれない観客《かんきゃく》が総立《そうだ》ちになった。

万雷《ばんらい》の拍手《はくしゅ》が降《ふ》りそそぐ。

ショートプログラム十九位《じゅうきゅうい》から、大逆転優勝《だいぎゃくてんゆうしょう》した聖花《せいか》。

ほかの選手《せんしゅ》がミス続出《ぞくしゅつ》の中《なか》、すばらしい演技《えんぎ》と高度《こうど》なジャンプも完璧《かんぺき》に跳《と》んで、文句《もんく》なしの優勝《ゆうしょう》だった。

表彰台《ひょうしょうだい》の一番高《いちばんたか》い場所《ばしょ》に立《た》った聖花《せいか》は、胸《むね》を張《は》った。

メダルとトロフィー、花束《はなたば》が運《はこ》ばれてきた。

中央《ちゅうおう》の金《きん》メダルがひときわ輝《かがや》いている。

「おめでとう！」

と、協会《きょうかい》の偉《えら》い人《ひと》が聖花《せいか》の首《くび》に輝《かがや》くメダルをかけようとした瞬間《しゅんかん》。

世界《せかい》が白黒《しろくろ》に変《か》わって、すべてのものが瞬間冷凍《しゅんかんれいとう》されたかのように動《うご》きを止《と》めた。

「それでは、〈ユーショートケーキ〉のお代《だい》をいただきますヤミ」

会場《かいじょう》に機械《きかい》じみた子《こ》どものような声《こえ》が響《ひび》いた。

ざわついていた会場《かいじょう》が凍《こお》りついたようにシンと静《しず》かになっていた。

観客《かんきゃく》も氷《こおり》の彫像《ちょうぞう》になってしまったかのように動《うご》かない。

氷上《ひょうじょう》も同《おな》じだった。

メダルを見《み》つめて幸《しあわ》せそうな笑顔《えがお》のまま聖花《せいか》は止《と》まっていた。

その中《なか》をクリーム色《いろ》の身体《からだ》に濃《こ》い紫色《むらさきいろ》のマントを身《み》にまとったヤミーだけがごきげんにピョン、ピョンと……跳《は》ねようとして、氷《こおり》の上《うえ》でツルッと滑《すべ》った。

「わわっ、こんなワナを作《つく》るなんて、人間《にんげん》は恐《おそ》ろしいヤミ」

ムスッとした顔《かお》でひとりごとをつぶやくヤミー。

マントについた氷《こおり》を払《はら》い落《お》とすと、表彰台《ひょうしょうだい》の一番高《いちばんたか》いところにのっている聖花《せいか》の前《まえ》に跳《と》びあがった。

聖花《せいか》の身体《からだ》からは、まるでオーラのように、金色《きんいろ》のミストがとめどなくわきでている。

聖花《せいか》の金色《きんいろ》のミストを、ヤミーはホイッパーですくいとった。

このミストは、聖花《せいか》の〈優勝《ゆうしょう》して金《きん》メダルをとりたい〉という願《ねが》いが叶《かな》ったことでわきあがってきたハッピーな気持《きも》ち。

金色《きんいろ》のミストをすべてすくいとると、

「願《ねが》いが叶《かな》ってよかったヤミ」

そう聖花《せいか》に声《こえ》をかけて、ヤミーはピョンピョンと去《さ》っていった。

ヤミーの姿《すがた》が消《き》えると、世界《せかい》に色《いろ》が戻《もど》って、あらゆるものが動《うご》きだした。


ハッピーな気持《きも》ちがすっかり消《き》えてしまった聖花《せいか》の心《こころ》には、ぽっかりと穴《あな》があいていた。

(え、これが優勝《ゆうしょう》？　これが……金《きん》メダル？)

あれほど欲《ほ》しかった優勝《ゆうしょう》の金《きん》メダルなのに、いざ手《て》にしてみると、ただの金属《きんぞく》のかたまりにしか見《み》えない。

自分《じぶん》の心《こころ》の中《なか》のどこを探《さが》しても、うれしいという気持《きも》ちが見《み》つからなかった。

金《きん》色《いろ》の小《ちい》さな夜話《ナイト・テール》

夜空《よぞら》にまたたく無数《むすう》の金《きん》の星々《ほしぼし》。

まるで地上《ちじょう》の人々《ひとびと》の願《ねが》いの数《かず》だけ星々《ほしぼし》が輝《かがや》いているようだ。

『ナイトメア』の温室《おんしつ》には、ヤミーとスイ。

ヤミーは金色《きんいろ》のミストをすべて小瓶《こびん》に詰《つ》めてしまうと、満足《まんぞく》げな笑《え》みを浮《う》かべた。

「きれいな金色《きんいろ》の〈ハピ*やみエッセンス〉ヤミ〜。聖花《せいか》ちゃんは、金《きん》メダルをとって、よほどハッピーだったヤミね。それほどフィギュアスケートが大好《だいす》きってことヤミ。ねー、スイちゃん、覚《おぼ》えてる？　スイちゃんもスイーツが大好《だいす》きだったヤミ。パティシエのパパさんが誕生日《たんじょうび》に作《つく》ってくれるフラワーケーキを、毎年《まいとし》ニコニコしながら食《た》べてたヤミ。ボクは、そんなスイちゃんを見《み》てるのがうれしかったヤミ……だけど……」

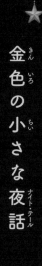

ヤミーは、ちょっとうつむいた。耳《みみ》がたるんと垂《た》れさがる。

「いまは、どんなスイーツを食《た》べても笑顔《えがお》にならないヤミね」

ヤミーは、うつむいたまま金色《きんいろ》の小瓶《こびん》を手《て》に温室《おんしつ》を出《で》た。

お店《みせ》のガラスのショーケースをあけ、レモン色《いろ》の小瓶《こびん》のとなりに金色《きんいろ》の小瓶《こびん》をそっと置《お》いた。

「でも、きっといつかヤミーは、〈ハピ＊やみフラワーケーキ〉でスイちゃんを笑顔《えがお》にするヤミ」

決意《けつい》のこもった声《こえ》。ヤミーの耳《みみ》がピンと立《た》った。

夜空《よぞら》では、夢《ゆめ》をあきらめたかのように、金色《きんいろ》の流《なが》れ星《ぼし》がひとつスーッと流《なが》れていった。


じつは、その後《ご》の聖花《せいか》には異変《いへん》が……。

憧《あこが》れの海外《かいがい》チームに加《くわ》わったのに、やる気《き》をなくして、練習《れんしゅう》をサボり、一向《いっこう》に上達《じょうたつ》しないため、コーチに匙《さじ》を投《な》げられたあげく、フィギュアスケートをやめてしまったのだ。

帰国《きこく》した聖花《せいか》は、何《なに》かにとりつかれたように「違《ちが》う、これも違《ちが》う。ヤミーの〈ハピ＊やみスイーツ〉がもう一度《いちど》食《た》べたい」と、いろんなお店《みせ》のスイーツを食《た》べあさっているのだとか。

ヤミーは、そのことを知《し》らないが、もし知《し》ったとしても、

「あの試合《しあい》ですごいジャンプが跳《と》べたのは、〈ユーショートケーキ〉を食《た》べたからで、聖《せい》花《か》ちゃんの実力《じつりょく》じゃないから仕方《しかた》ないヤミ」

と肩《かた》をすくめるか、あるいは、

「いままでがまんしていた分《ぶん》までスイーツが食《た》べられるなんて幸《しあわ》せヤミ〜」

と笑《わら》うのかもしれない。

三皿《さんさら》め　オイソギモーフ

私立《しりつ》B《ビー》学園《がくえん》中等部《ちゅうとうぶ》二年生《にねんせい》の古蝶恵麻《こちょうえま》は、小学生《しょうがくせい》の頃《ころ》から、頭脳明晰《ずのうめいせき》、品行方正《ひんこうほうせい》、容姿端麗《ようしたんれい》、清廉潔白《せいれんけっぱく》、自主独立《じしゅどくりつ》……まとめると、欠点《けってん》が見《み》あたらないカンペキ優等生《ゆうとうせい》。

私立《しりつ》B《ビー》学園《がくえん》は、裕福《ゆうふく》な家庭《かてい》の子《こ》が通《かよ》うお嬢様学校《じょうさまがっこう》だけど、恵麻《えま》はふつーの家《いえ》の子《こ》で、住《す》んでいる地域《ちいき》も下町《したまち》だったりする。でも、成績《せいせき》のよかった恵麻《えま》は、親《おや》から勧《すす》められるままに中学受験《ちゅうがくじゅけん》して、この学校《がっこう》に特待生《とくたいせい》として入学《にゅうがく》した。

セレブに憧《あこが》れる恵麻《えま》の母《はは》は「お嬢様学校《じょうさまがっこう》に通《かよ》ってるんだから、地元《じもと》の子《こ》とは遊《あそ》んじゃダメ」と自分《じぶん》の価値観《かちかん》を押《お》しつけてくる。表立《おもてだ》って反抗《はんこう》はしない恵麻《えま》だけど、母《はは》への反発心《はんぱつしん》もあって、となりの家《いえ》に住《す》んでいる、さらさらマッシュヘアの幼《おさな》なじみの圭太《けいた》から「B学《ビーがく》園合格祝《えんごうかくいわ》いに」と、もらった青《あお》い蝶《ちょう》の髪飾《かみかざ》りをいつもつけている。

私立B学園《しりつビーがくえん》では明日《あした》から文化祭《ぶんかさい》が行《おこな》われる。目玉《めだま》は、生徒《せいと》たちがそれぞれ〈探究学習《たんきゅうがくしゅう》〉した成果《せいか》をポスターにまとめ、展示《てんじ》・発表《はっぴょう》するポスターセッションだ。

恵麻《えま》はこのポスターセッションに強《つよ》い思《おも》い入《い》れがある。

それは、生活《せいかつ》レベルの違《ちが》いにより、お嬢様同級生《じょうさまどうきゅうせい》たちから軽《かる》くあしらわれ、仲間《なかま》に入《い》れてもらえずにいた恵麻《えま》のポジション浮上《ふじょう》のきっかけとなった出来事《できごと》だったから。

昨年《さくねん》、一年生《いちねんせい》のときに担任《たんにん》の先生《せんせい》からポスターセッションの責任者《せきにんしゃ》に抜擢《ばってき》された恵麻《えま》は、ほかの子《こ》のポスター作《づく》りを手伝《てつだ》ったり、実験《じっけん》のアドバイスを行《おこな》ったりするなどしてポスターセッションを成功《せいこう》させ、クラスに優秀賞《ゆうしゅうしょう》をもたらした。

それ以来《いらい》、恵麻《えま》はみんなから頼《たよ》りにされ、意見《いけん》が通《とお》りやすくなるなど、学校《がっこう》での居心地《いごこち》がとてもよくなった。

そんなわけで、今年《ことし》は責任者《せきにんしゃ》に立候補《りっこうほ》した。先生《せんせい》からもクラスメイトからも期待《きたい》されているし、恵麻自身《えまじしん》、クラス内《ない》での居心地《いごこち》いい優等生《ゆうとうせい》ポジションをキープするためにも、今年《ことし》のポスターセッションも絶対《ぜったい》に優秀賞《ゆうしゅうしょう》をとりたいと思《おも》っている。

文化祭前日《ぶんかさいぜんじつ》の放課後《ほうかご》、すべてのポスターの展示《てんじ》が終《お》わり、恵麻《えま》はホッとした表情《ひょうじょう》を浮《う》かべると、窓《まど》をあけて空気《くうき》を入《い》れかえた。縦《たて》180×横《よこ》90センチの大《おお》きなポスターが三十枚《さんじゅうまい》も並《なら》んでいる様子《ようす》は壮観《そうかん》だ。

土《つち》のかわりに砂糖《さとう》の中《なか》でアリを飼育《しいく》してみた、野菜《やさい》やフルーツの皮《かわ》でエコなお茶作《ちゃづく》り、童話《どうわ》をテーマにした雑貨《ざっか》の企画《きかく》など、みんなが工夫《くふう》をこらしたポスターが並《なら》んでいる。

恵麻《えま》のポスターは、バタフライピーの青色《あおいろ》の抽出実験《ちゅうしゅつじっけん》。

バタフライピーとは、東南《とうなん》アジア原産《げんさん》のマメ科《か》の植物《しょくぶつ》。きれいな青《あお》い色《いろ》と蝶《ちょう》のような形《かたち》の花《はな》が特徴《とくちょう》だ。花《はな》からとても鮮《あざ》やかな青《あお》い色《いろ》が抽出《ちゅうしゅつ》できるので、ハーブティーの材料《ざいりょう》としても人気《にんき》がある。

恵麻《えま》は、抽出《ちゅうしゅつ》した青《あお》い水《みず》に、レモン果汁《かじゅう》などいろいろなものをまぜて色《いろ》の変化《へんか》を観察《かんさつ》してみたり、ほかの植物《しょくぶつ》との色《いろ》の違《ちが》いを比較《ひかく》してみたりした。色水《いろみず》の写真《しゃしん》を載《の》せているので、ポスターとしての見《み》た目《め》もきれいだ。

最後《さいご》にもう一度《いちど》、恵麻《えま》はポスターを確認《かくにん》してまわったあと、教室《きょうしつ》を出《で》て、職員室《しょくいんしつ》の担任《たんにん》の先生《せんせい》に「展示作業《てんじさぎょう》が終《お》わりました」と報告《ほうこく》。「ご苦労《くろう》さま。雨《あめ》が降《ふ》りだしたな。早《はや》く帰《かえ》れよ」と先生《せんせい》から声《こえ》をかけられ……教室《きょうしつ》に戻《もど》った恵麻《えま》は、悲鳴《ひめい》をあげた。

ゲリラ豪雨《ごうう》の激《はげ》しい雨《あめ》が教室《きょうしつ》に降《ふ》りこんで、窓近《まどちか》くに展示《てんじ》されていたポスター十五枚《じゅうごまい》がびしょ濡《ぬ》れになっていた。

あわてて窓《まど》を閉《し》めたが、すでに遅《おそ》かった。雨《あめ》に濡《ぬ》れたポスターは、紙《かみ》がやぶれたり、文字《もじ》がにじんだり、見《み》るに堪《た》えない状態《じょうたい》だ。

恵麻《えま》の顔《かお》が真《ま》っ青《さお》になった。

ほかの生徒《せいと》はみんな帰《かえ》ってしまっている。職員室《しょくいんしつ》に戻《もど》ったが、担任《たんにん》の先生《せんせい》もすでに帰《かえ》ったあとだった。自分《じぶん》ひとりでなんとかするしかない。

「できるかな……いや、やらなきゃ！」

自分《じぶん》のせいで、こんなことになってしまって……恵麻《えま》は、強《つよ》い責任《せきにん》を感《かん》じていた。

全員分《ぜんいんぶん》のポスターの実験《じっけん》データや写真《しゃしん》、グラフなどは、パソコンに保存《ほぞん》されているので、それを印刷《いんさつ》して貼《は》ればいい。しかし、文字《もじ》は手書《てが》きという決《き》まりがあり、何時《なんじ》までかかるかわからない。

とり急《いそ》ぎ、母《はは》にスマホで「文化祭《ぶんかさい》の準備《じゅんび》で遅《おそ》くなる」と連絡《れんらく》を入《い》れ、必死《ひっし》で作業《さぎょう》に没頭《ぼっとう》していたが、気《き》づいたら下校時間《げこうじかん》を知《し》らせる鐘《かね》が鳴《な》っていた。

「どうしよう!? やっぱり無理《むり》だ。間《ま》に合《あ》わない!!」

完成《かんせい》したのは、わずか三枚《さんまい》。まだ十二枚分《じゅうにまいぶん》もの作業《さぎょう》が残《のこ》っている。

そのとき廊下《ろうか》のほうから生活指導《せいかつしどう》の鬼川先生《おにかわせんせい》の「下校時間《げこうじかん》だ〜」という声《こえ》が聞《き》こえてきた。校内《こうない》でも厳《きび》しいことで有名《ゆうめい》な先生《せんせい》だ。

「まだ残《のこ》っている生徒《せいと》はいないかぁ?」

恵麻《えま》は、手早《てばや》く丸《まる》めたポスターを持《も》って、掃除用《そうじよう》ロッカーの中《なか》に隠《かく》れた。

ほぼ同時《どうじ》に、ガラッと教室《きょうしつ》の扉《とびら》があいた。

「なんだこれは!」

というドスのきいた声《こえ》に、ロッカーの中《なか》で震《ふる》えあがる恵麻《えま》。

「電気《でんき》がつけっぱなしじゃないか、まったく!」

パチンと音《おと》がして電気《でんき》が消《き》え、先生《せんせい》はバタバタと足音《あしおと》をさせて遠《とお》ざかっていった。

恵麻《えま》は、息《いき》をはーっと吐《は》きだし、ロッカーの中《なか》でしゃがみこんだ。

前日《ぜんじつ》も徹夜《てつや》で実験《じっけん》データを整理《せいり》していたこともあって、恵麻《えま》は急激《きゅうげき》な眠気《ねむけ》に襲《おそ》われた。

そして、そのまま朝《あさ》になり、恵麻《えま》のクラスのポスターセッションは失敗《しっぱい》に終《お》わる……という悪夢《あくむ》をみて、ハッと目《め》を覚《さ》ました。


あわててロッカーからとびだした恵麻《えま》は、驚《おどろ》いた。

教室《きょうしつ》の中《なか》、恵麻《えま》が座《すわ》っていたあたりに、ぼんやりとロウソクのあかりが灯《とも》っていて、そのそばにもふもふのうさぎのぬいぐるみが座《すわ》っていたからだ。

よく見《み》ると、うさぎは古《ふる》びたトランクを持《も》っていた。

うさぎは突然《とつぜん》しゃべりだした。

「出張《しゅっちょう》ハピ＊やみ洋菓子店《ようがしてん》『ナイトメア』だヤミ。ボクはパティシエのヤミー。悪夢《あくむ》の匂《にお》いがしたヤミ〜」

うさぎが、ぱふんと両手《りょうて》をたたくと教室《きょうしつ》の電気《でんき》がひとりでについた。

うさぎは、恵麻《えま》のところまでピョンピョンとごきげんに跳《は》ねながら近《ちか》づいてきた。

疲《つか》れすぎて幻覚《げんかく》が見《み》えているのかと、目《め》をこする恵麻《えま》。

「キミには悪夢《あくむ》にみるほど叶《かな》えたい願《ねが》いがあるヤミ？」

さっきから驚《おどろ》きの連続《れんぞく》で、茫然自失《ぼうぜんじしつ》となっていた恵麻《えま》は、素直《すなお》に答《こた》えた。

「ある。明日《あした》までにどうしても、ポスターをすべて仕上《しあ》げたい。責任者《せきにんしゃ》の私《わたし》のせいでクラスのポスターセッションが失敗《しっぱい》するなんてありえない。だから時間《じかん》が欲《ほ》しい！」

「ふむふむ」

と、うなずくと、ヤミーはトランクをパカッと開《ひら》き、恵麻《えま》を手招《てまね》きした。

「では、急《いそ》いでこの〈オイソギモーブ〉を食《た》べるヤミ」

ヤミーがトランクからとりだしたのは、お弁当箱《べんとうばこ》くらいの長方形《ちょうほうけい》のガラスの箱《はこ》。ただし、箱《はこ》の中《なか》は白《しろ》いスモークが充満《じゅうまん》していて、中身《なかみ》は見《み》ることができない。

「オイソギモーブ？」

恵麻《えま》がその箱《はこ》のふたをあけると、中《なか》からもわ～っと白《しろ》いスモークがわきあがってきた。

浦島太郎《うらしまたろう》の玉手箱《たまてばこ》みたいだ。

不思議《ふしぎ》なことに白《しろ》いスモークは、たくさんの白《しろ》い蝶《ちょう》の形《かたち》になって飛《と》び去《さ》っていった。

そのスモークの中《なか》から現《あらわ》れたのは、青《あお》いお皿《さら》の上《うえ》にのったギモーブ。

ギモーブは、きれいな虹色《にじいろ》に輝《かがや》いている。

「これ、どういう原理《げんり》で光《ひか》ってるの？」

「……世《よ》の中《なか》には、AI《エーアイ》でも説明《せつめい》できないことがあるヤミ。だけど、それを食《た》べれば、キミの願《ねが》いは叶《かな》うヤミ」

なんだか怪《あや》しいような気《き》もしたが、時間《じかん》が惜《お》しい恵麻《えま》は、〈オイソギモーブ〉を手《て》でつかみ、パクッと口《くち》にふくんだ。

一瞬《いっしゅん》、視界《しかい》が虹色《にじいろ》に輝《かがや》いた。

食感《しょっかん》は、雲《くも》みたいに、ふわっふわだった。味《あじ》は説明《せつめい》できそうにない。フルーティで濃厚《のうこう》な甘《あま》み、だけどあと口《くち》はさっぱり。

「……これで、願《ねが》いが叶《かな》う……？」

一秒《いちびょう》、二秒《にびょう》……。

「え、何《なに》も起《お》こらないよ？」

ヤミーは、だまって壁《かべ》にかかっている時計《とけい》を指《ゆび》さした。

時計《とけい》はきっかり夜《よる》9時《じ》を示《しめ》している。

「え!?　9時《じ》!?　どうしよう……もう一度《いちど》、家《いえ》に連絡《れんらく》しないと。でも、絶対《ぜったい》に帰《かえ》ってこいって言《い》われる……」

あせって頭《あたま》を抱《かか》えたとき、青《あお》い蝶《ちょう》の髪飾《かみかざ》りが指《ゆび》に触《ふ》れた。

「そうだ。圭太《けいた》に頼《たの》もう！」

恵麻《えま》は、スマホで幼《おさな》なじみの圭太《けいた》に電話《でんわ》をかけた。

「圭太《けいた》、文化祭《ぶんかさい》の準備《じゅんび》でまだ学校《がっこう》にいるんだけど、帰《かえ》れそうにないの。お願《ねが》い！　私《わたし》の担《たん》任《にん》の先生《せんせい》のふりして『恵麻《えま》さんは学校《がっこう》で徹夜作業《てつやさぎょう》します』って、家《うち》に連絡《れんらく》入《い》れて」

電話口《でんわぐち》の圭太《けいた》は、『は？　そんなの無理《むり》だって』とあせり声《ごえ》だったが、恵麻《えま》は「一生《いっしょう》の
お願《ねが》い！」と押《お》しきった。

電話《でんわ》を切《き》って、時計《とけい》を見《み》ると針《はり》はまだ9時《じ》のまま。

「時計《とけい》が壊《こわ》れてる？」

「違《ちが》うヤミ。いま、キミは超高速《ちょうこうそく》で動《うご》いているヤミ。だから、キミには時間《じかん》の流《なが》れがすっごくゆっくりに見《み》えるヤミ。ゆえに、キミは心《こころ》ゆくまでポスターを仕上《しあ》げられるヤミ」

そんな物理法則《ぶつりほうそく》を無視《むし》したことができるわけない！

……と思《おも》ったが、とにかく時間《じかん》が惜《お》しい。

恵麻《えま》は、ポスターの続《つづ》きを書《か》きはじめて、びっくりした。

自分《じぶん》の手《て》が目《め》に見《み》えないほどのスピードで動《うご》いている。

「な、何《なに》これ」

「だからキミは超高速《ちょうこうそく》で動《うご》いてるって言《い》ったヤミ」

手《て》だけじゃなかった。恵麻《えま》の頭《あたま》も恐《おそ》ろしく速《はや》く回転《かいてん》する。次《つぎ》から次《つぎ》へとやるべき作業《さぎょう》が見《み》えて、文章《ぶんしょう》はスラスラと書《か》けるし、データや写真《しゃしん》も手早《てばや》くレイアウトできる。

そんなこんなで、あっという間《ま》に無事《ぶじ》すべてのポスターが復元《ふくげん》できた。

「ありがとう！　ヤミー。無理《むり》だと思《おも》ってたポスターが完成《かんせい》した‼　うれしい。これで無《ぶ》事《じ》にポスターセッションができる。優等生《ゆうとうせい》ポジションもキープできる！」

完成《かんせい》したポスターを眺《なが》めて、恵麻《えま》はヤミーにお礼《れい》を言《い》った。

そのとき、世界《せかい》が白黒《しろくろ》に変《か》わり、恵麻《えま》の動《うご》きがピタリと止《と》まった。

「それじゃ、〈オイソギモーブ〉のお代《だい》をいただきますヤミ」

教室《きょうしつ》に機械《きかい》じみた子《こ》どものような声《こえ》が響《ひび》いた。

恵麻《えま》は彫像《ちょうぞう》になってしまったかのようにかたまっているが、その身体《からだ》からは、青色《あおいろ》のミストが……ほんの少《すこ》ししかわきでていない。

「こ、これはどういうことヤミ？」

とまどいながらもヤミーは、青色《あおいろ》のミストをていねいにホイッパーで集《あつ》めた。

すべてのミストを集《あつ》めると、ヤミーは「願《ねが》いが叶《かな》ったのに、なんでヤミ〜？」と、首《くび》をかしげながら去《さ》っていった。

翌朝《よくあさ》、目《め》が覚《さ》めた恵麻《えま》はびっくりした。

自分《じぶん》が教室《きょうしつ》で寝《ね》てしまっていたからだ。

ポスターは完成《かんせい》していたが、時計《とけい》を見《み》ると、早朝《そうちょう》5時半《じはん》。

スマホを見《み》ると、圭太《けいた》から【恵麻《えま》のお母《かあ》さん、なんとかごまかした】と、メッセージが入《はい》っていた。早朝《そうちょう》だったが、【ありがと、助《たす》かった！　おかげで終《お》わった。いまから帰《かえ》る】とメッセージを返《かえ》しておいた。

完成《かんせい》した十五枚《じゅうごまい》のポスターをパネルに貼《は》りなおした恵麻《えま》は、どうやって帰《かえ》るか少《すこ》し悩《なや》んだ。

始業時間《しぎょうじかん》までこのまま学校《がっこう》にいるわけにはいかないし、シャワーを浴《あ》びて、着替《きが》えもしたかった。

正面玄関横《しょうめんげんかんよこ》の警備室《けいびしつ》には、警備員《けいびいん》さんが常駐《じょうちゅう》している。ひと晩学校《ばんがっこう》に泊《と》まったことがバレたら大問題《だいもんだい》だ。正面玄関《しょうめんげんかん》は避《さ》けて、教室《きょうしつ》の窓《まど》から外《そと》へ抜《ぬ》けだした。

（教室《きょうしつ》が一階《いっかい》にあってよかった）

と、ホッとしたのもつかの間《ま》、学校全体《がっこうぜんたい》にビービーと警報《けいほう》が鳴《な》り響《ひび》いた。

恵麻《えま》が窓《まど》をあけたのがセキュリティシステムにひっかかったみたいだ。

（やだ、どうしよう！）

恵麻《えま》は校庭《こうてい》を必死《ひっし》に走《はし》って、校門《こうもん》へとたどりついた。

だけど、高《たか》さ二《に》メートルはある鉄製《てっせい》の校門《こうもん》は頑丈《がんじょう》に施錠《せじょう》されていて、押《お》しても引《ひ》いてもびくともしない。

敷地《しきち》は同《おな》じくらいの高《たか》さのレンガ壁《かべ》に囲《かこ》まれていて、のぼることなど不可能《ふかのう》だ。

（出《で》られない！）

がくぜんとして立《た》ちつくしたときだった。

「恵麻《えま》、こっちだ！」と、呼《よ》ぶ声《こえ》がした。

校門《こうもん》のすぐ横《よこ》、敷地内《しきちない》に立《た》つ大《おお》きなケヤキの木《き》の背後《はいご》のレンガ壁《かべ》の上《うえ》からだ。

壁《かべ》を見《み》あげると、圭太《けいた》だった。

「え⁉　圭太《けいた》⁉　どしたの？」

「終《お》わったってメッセージきたから、チャリで迎《むか》えにきた。それより、警報鳴《けいほうな》っててヤバいじゃん。この木《き》をのぼってこい、恵麻《えま》！」

ケヤキの木《き》をのぼっていくと、壁《かべ》の上《うえ》の圭太《けいた》が恵麻《えま》に向《む》かって手《て》を伸《の》ばした。

「怖《こわ》い、無理《むり》だよ」

頭《あたま》を振《ふ》る恵麻《えま》。

そのとき、遠《とお》くから車《くるま》のサイレンの音《おと》が聞《き》こえてきた。

「ほら、ヤバいって。急《いそ》げ」

圭太《けいた》が精一杯《せいいっぱい》手《て》を伸《の》ばす。

サイレンの音《おと》がどんどん近《ちか》づいてくる。

恵麻《えま》は、木《き》の枝《えだ》をしならせつつ、おそるおそる枝《えだ》の先端《せんたん》に移動《いどう》した。圭太《けいた》の手《て》をつかんでなんとか壁《かべ》の上《うえ》におりたった。

圭太《けいた》は、壁《かべ》の外側《そとがわ》にぶらさがり、あらかじめ停《と》めていたらしい自転車《じてんしゃ》の上《うえ》に足《あし》をおろして地面《じめん》におりた。

恵麻《えま》も圭太《けいた》をまねて壁《かべ》からおりた。

圭太《けいた》は後《うし》ろに恵麻《えま》を乗《の》せ、自転車《じてんしゃ》を猛烈《もうれつ》にこぎはじめた。

東《ひがし》の空《そら》はすでに明《あか》るくなっている。

(……ふたり乗《の》りは違反《いはん》だよね)と、ちらりと頭《あたま》をかすめたが、恵麻《えま》は別《べつ》のことを言《い》った。

「圭太《けいた》、ありがと。助《たす》かった」

「俺《おれ》に惚《ほ》れんなよ」

「ないわー」

恵麻《えま》の青《あお》い蝶《ちょう》の髪飾《かみかざ》りが、朝日《あさひ》を浴《あ》びてキラリと光《ひか》った。

「くそっ、やっぱなかったか！　おまえ、昔《むかし》からひとりが好《す》きだったもんな」

圭太《けいた》は、うぉーっと叫《さけ》び、さらに自転車《じてんしゃ》のスピードをあげた。

「なんかもう、いろんなこと、どーでもよくなった。圭太《けいた》、走《はし》れぇ。もっと速《はや》く！」

笑顔《えがお》の恵麻《えま》は自転車《じてんしゃ》の後《うし》ろで声《こえ》をはりあげた。

小学生《しょうがくせい》の頃《ころ》からカンペキ優等生《ゆうとうせい》で、人生《じんせい》で一度《いちど》もはめをはずしたことがない恵麻《えま》にとって、新鮮《しんせん》な朝《あさ》だった。


家《いえ》で母《はは》からチクチクと嫌《いや》みを言《い》われたあと、シャワーや着替《きが》えを手早《てばや》くすませ、恵麻《えま》はいつものように登校《とうこう》したが、教室《きょうしつ》に入《はい》ると昨日《きのう》までと空気《くうき》が一変《いっぺん》していた。

クラスメイトたちが恵麻《えま》のほうをチラチラ見《み》ながら、こそこそ話《ばなし》をしている。

「犬《いぬ》の散歩中《さんぽちゅう》に見《み》たのよ。恵麻《えま》さんが、朝帰《あさがえ》りするとこ」

「おチャラい男子《だんし》と自転車《じてんしゃ》ふたり乗《の》り⁉」

「優等生《ゆうとうせい》づらして、信《しん》じられない」

文化祭《ぶんかさい》では、多《おお》くの見学者《けんがくしゃ》から絶賛《ぜっさん》され、恵麻《えま》のクラスのポスターセッションは大成功《だいせいこう》。

去年《きょねん》と同《おな》じく恵麻《えま》のクラスが優秀賞《ゆうしゅうしょう》をもらった。

しかし、クラスメイトは誰《だれ》ひとりとして、恵麻《えま》に感謝《かんしゃ》したりしなかった。

恵麻《えま》が学校《がっこう》に泊《と》まったことはバレなかったようだけど、生徒《せいと》たちの間《あいだ》で朝帰《あさがえ》りのうわさ話《ばなし》が広《ひろ》がったあとは、頼《たよ》られる優等生《ゆうとうせい》ポジションから転落《てんらく》。もう誰《だれ》も恵麻《えま》を頼《たよ》りにすることはなく、ひとりぼっちに逆戻《ぎゃくもど》り。

だけど……恵麻《えま》の顔《かお》には、なぜか笑《え》みが浮《う》かんでいた。

そして、ひとりで本《ほん》を読《よ》んでいる恵麻《えま》の身体《からだ》からは、とても美《うつく》しい青色《あおいろ》のミストがたっぷりとわきあがっていた。

青《あお》色《いろ》の小《ちい》さな夜話《ナイト・テール》

青《あお》い紗《しゃ》の生地《きじ》を無限《むげん》に重《かさ》ねて作《つく》ったような闇《やみ》の夜《よる》。

『ナイトメア』の温室《おんしつ》を彩《いろど》る白《しろ》い花々《はなばな》の影《かげ》も、うっすら青《あお》みがかっている。

ヤミーは、青色《あおいろ》の〈ハピ＊やみエッセンス〉がほんの少《すこ》しだけ入《はい》ったガラスの小瓶《こびん》を手《て》にしている。

「ヤミーは、恵麻《えま》ちゃんのハッピーな気持《きも》ちをもらうタイミングを間違《まちが》ったヤミ。というのも、恵麻《えま》ちゃんが心《こころ》からハッピーになったのは、まじめなカンペキ優等生《ゆうとうせい》という看板《かんばん》をおろして、ひとりぼっちに戻《もど》ったときだったヤミ」

そこまで話《はな》すと、ヤミーの耳《みみ》のあたりがボーッと青《あお》く光《ひか》りはじめた。

「ここからはヤミーのＡＩ分析《エーアイぶんせき》だヤミ。恵麻《えま》ちゃんは、がんばる優等生《ゆうとうせい》キャラでいることに、じつは疲《つか》れていたヤミ。みんなからの相談《そうだん》や先生《せんせい》からの期待《きたい》。そういうの面倒《めんどう》って気《き》持《も》ちもわかるヤミ〜」

ヤミーは左右《さゆう》に小刻《こきざ》みに頭《あたま》を振《ふ》りながら話《はなし》を続《つづ》けた。

「恵麻《えま》ちゃんは、もともとひとりでも平気《へいき》な子《こ》だったたし、あのあと、みんなのお世話《せわ》をすることもなくなり、自分《じぶん》のためにすべての時間《じかん》を使《つか》えるようになって、さらに成績《せいせき》がよくなったヤミ。だけど、優等生《ゆうとうせい》ポジションを守《まも》るために『すべてのポスターを仕上《しあ》げる時間《じかん》が欲《ほ》しい』と願《ねが》った恵麻《えま》ちゃんが、まさか優等生《ゆうとうせい》の看板《かんばん》をおろしてハッピーになるなんて……今回《こんかい》のことで、ヤミーはまたひとつ学《まな》んだヤミ。人間《にんげん》は自分《じぶん》の本心《ほんしん》を自分《じぶん》でもわかっていないことがあるヤミ」

スイは、ヤミーの話《はなし》を聞《き》いているのかいないのか、ボーッとした表情《ひょうじょう》のままだ。

「あ、ヤミーはスイちゃんのために使《つか》う時間《じかん》はぜんぜん惜《お》しくないヤミ。これから百年《ひゃくねん》でも千年《せんねん》かかっても、スイちゃんの笑顔《えがお》のためにがんばるヤミ〜」

ヤミーはえへんと胸《むね》を張《は》ってから、ふと小首《こくび》をかしげた。

「ねー、スイちゃん覚《おぼ》えてる？　スイちゃんも、小《ちい》さい頃《ころ》からずっと『いい子《こ》』って言《い》われてたヤミ。もしかして、スイちゃんもいい子《こ》の看板《かんばん》をおろしたいって思《おも》ってたヤミ？」

スイの返事《へんじ》を期待《きたい》していなかったヤミーは、青色《あおいろ》の小瓶《こびん》を手《て》に温室《おんしつ》を出《で》ていこうとした。

そのとき、ヤミーの耳《みみ》がかそけき声《こえ》をとらえた。

「ヤミーは……いい子《こ》だね」

！！！

「スイちゃんが、しゃべった！」

ヤミーは、急《いそ》いでスイのもとへかけもどり、スイの顔《かお》を見《み》あげた。

けれど、スイはまた自《みずか》らの殻《から》の中《なか》に閉《と》じこもってしまった。

そのうつろな瞳《ひとみ》の視線《しせん》の先《さき》、夜空《よぞら》の雲《くも》が途切《とぎ》れ、青白《あおじろ》く細《ほそ》い月《つき》が少《すこ》しだけ顔《かお》を出《だ》した。

四《よん》皿《さら》め　シュヤクッキー

成田由羽《なりたゆう》は、教室《きょうしつ》の一番後《いちばんうし》ろの廊下側《ろうかがわ》の席《せき》で、顔《かお》の前《まえ》にかかげた教科書《きょうかしょ》の脇《わき》からチラチラと陰気《いんき》な視線《しせん》をとばしては、クラスのみんなを観察《かんさつ》していた。

後《うし》ろの席《せき》というのは、クラスメイトの観察《かんさつ》にもってこいだ。

（ふん。どの子《こ》もたいしたことない。リップクリームやヘアアレンジで、盛《も》ってるのが丸《まる》わかり）

なんてことを脳内《のうない》で毒《どく》づいているけれど、由羽自身《ゆうじしん》は、猫背《ねこぜ》で、毛量多《もうりょうおお》めの前髪《まえがみ》が、もっさーと長《なが》くて目《め》をおおい隠《かく》しているという、冴《さ》えないジミ女子《じょし》だ。

ホントは、前髪《まえがみ》をあげればちょっと緑《みどり》がかった神秘的《しんぴてき》な瞳《ひとみ》の持《も》ち主《ぬし》なんだけど、ゆがみのある性格《せいかく》が外見《がいけん》を残念《ざんねん》なことにしてしまっている。

バシンと強《つよ》く扉《とびら》があいて、紫色《むらさきいろ》のフレームのメガネをかけたストレートボブの女子《じょし》がさっそうと入《はい》ってきた。

(はぁん、新聞部《しんぶんぶ》の雨野貴実《あめのたかみ》か。「私《わたし》、情報通《じょうほうつう》なんですけど?」ってうぬぼれてそう)

と、由羽《ゆう》は皮肉《ひにく》な目《め》を向《む》ける。

「ねー、貴実《たかみ》さん。なんか新《あたら》しいニュースないの?」「知《し》りた〜い、教《おし》えて」

さっそく貴実《たかみ》に、うわさ好《ず》きの女子《じょし》たちから、そんな声《こえ》がかかった。

貴実《たかみ》は立《た》ち止《ど》まるとあごに左手《ひだりて》をあてた。右手《みぎて》ではスマホを操作《そうさ》している。

「うーん……うちのクラスの女子《じょし》が読《どく》モに応募《おうぼ》したってネタとか」

「え、誰《だれ》、誰《だれ》⁉」

貴実《たかみ》の言葉《ことば》を聞《き》いたとたん、由羽《ゆう》の顔《かお》がスーッと青《あお》ざめた。とっさに教科書《きょうかしょ》で顔《かお》を隠《かく》そうとした。

その瞬間《しゅんかん》、貴実《たかみ》がズバッと自分《じぶん》を指《ゆび》さすのが見《み》えた。

「ね、『キュート♡ティーン』って雑誌《ざっし》の読《どく》モに応募《おうぼ》したよね、由羽《ゆう》さん?」

「えーっっ、由羽《ゆう》さん⁉」

「マジ⁉」

「まさかぁ！」

「ヤバぁ！」

教室中《きょうしつじゅう》が驚《おどろ》きの声《こえ》でわきかえる。

由羽《ゆう》は、小《ちい》さく身体《からだ》をすくめ、教科書《きょうかしょ》の陰《かげ》でわなわなと震《ふる》えた。

（私《わたし》の秘密《ひみつ》をばらすなんて、ゆるさない。みんなもひどい。人《ひと》の夢《ゆめ》を笑《わら》うな！）

中《なか》には、「やるね！」と称賛《しょうさん》するつもりの「マジ」や「ヤバぁ」もまじっていたのだが、由羽《ゆう》には、すべてが自分《じぶん》をあざける声《こえ》にしか聞《き》こえない。

由羽《ゆう》が読《どく》モに応募《おうぼ》したのは、プロにメイクをしてもらって生《う》まれ変《か》わった自分《じぶん》を見《み》てみたかったからだ。

じつは、由羽《ゆう》のお姉《ねえ》ちゃんは、雑誌《ざっし》のモデル。すっぴんのお姉《ねえ》ちゃんは由羽《ゆう》と同《おな》じくらいのジミ顔《がお》なのに、雑誌《ざっし》の中《なか》では別人《べつじん》。だから、由羽《ゆう》もきっとプロがメイクしてくれたら、美少女《びしょうじょ》になれると信《しん》じていた。

ざわつく教室《きょうしつ》の中《なか》、由羽《ゆう》は、小《ちい》さく歯《は》ぎしりをした。

（ふん、このクラスのみんなをいつか見返《みかえ》してやる！）

チャンス？　は、すぐにやってきた。

文化祭《ぶんかさい》のクラス演劇《えんげき》。由羽《ゆう》のクラスは王道《おうどう》のプリンセスのミュージカルを上演《じょうえん》することになった。脚本《きゃくほん》を書《か》くのは、国語《こくご》が得意《とくい》なクラス委員《いいん》の清瀬《きよせ》さん。脚本《きゃくほん》の執筆《しっぴつ》と並行《へいこう》して、明日《あした》のホームルームで役決《やくぎ》めをすることになった。

脚本《きゃくほん》が清瀬《きよせ》さんだとわかった瞬間《しゅんかん》、由羽《ゆう》は（ふふん）と、口《くち》もとにうすい笑《わら》いを浮《う》かべた。

清瀬《きよせ》さんは、由羽《ゆう》と似《に》たタイプのジミ女子《じょし》だ。ちょっと前《まえ》に転校生《てんこうせい》の時宗《ときむね》くんをめぐって、あざと女子《じょし》の知奈《ちな》と戦《たたか》ったことがある。きっと、ジミ女子《じょし》の味方《みかた》だ。

そこで、由羽《ゆう》は忙《いそが》しそうにタブレット端末《たんまつ》に文字《もじ》を打《う》ちこんでいる清瀬《きよせ》さんに近《ちか》づくと耳《みみ》もとでささやいた。

「ねぇ、清瀬《きよせ》さん。どんな脚本《きゃくほん》なの？」

「ピンチになったプリンセスを王子《おうじ》が助《たす》けにくるという王道《おうどう》のプリンセス物語《ものがたり》です」

「ふーん。ありきたりね。たとえば、ジミ女子《じょし》を主人公《しゅじんこう》にして、メイクの魔法《まほう》で輝《かがや》くみたいなストーリーはどう？」

由羽《ゆう》は、自分《じぶん》が主役《しゅやく》になれそうなストーリーを清瀬《きよせ》さんに提案《ていあん》した。

清瀬《きよせ》さんは、首《くび》をかしげた。

「このクラスにそんな役《やく》ができそうな女子《じょし》がいますか？」

(目《め》の前《まえ》にいるでしょうが。清瀬《きよせ》さんの目《め》は節穴《ふしあな》⁉)

心《こころ》の中《なか》で毒《どく》づいている由羽《ゆう》に気《き》づかず清瀬《きよせ》さんはさらに述《の》べた。

「たしかに世《よ》の中《なか》の行《ゆ》きすぎたルッキズムには辟易《へきえき》していますが、いま私《わたし》は脚本家《きゃくほんか》、つまり劇《げき》という世界《せかい》を創造《そうぞう》する神《かみ》の立場《たちば》。神《かみ》は自分《じぶん》では、良《よ》いも悪《わる》いも判断《はんだん》しないのです。観客《かんきゃく》がかわいいを求《もと》めるなら、主人公《しゅじんこう》にはかわいい人《ひと》を推《お》します」

「ちょっと何言《なにい》ってるかわかんない」

由羽《ゆう》は、いかにもあきれたと言《い》わんばかりに肩《かた》をすくめ、その場《ば》を離《はな》れた。

窓《まど》ぎわでは、クラス一《いち》の美少女《びしょうじょ》で性格《せいかく》もいいといわれている天瀬桃愛《あませももあ》が、周囲《しゅうい》の女子《じょし》たちから「桃愛《ももあ》、プリンセスに立候補《りっこうほ》しなよ」「主役《しゅやく》は桃愛《ももあ》しかいない！」「アイドルめざしてるんでしょ?」と、もちあげられていた。

だけど、当《とう》の桃愛《ももあ》は、

「私《わたし》、文化祭《ぶんかさい》の頃《ころ》、オーディションあるんだよね」

と、少《すこ》し惜《お》しそうに答《こた》えた。

「そっか、残念《ざんねん》」

「オーディションがんばってね」

桃愛《ももあ》のそばを離《はな》れた女子《じょし》たちの背後《はいご》で、由羽《ゆう》はさりげなく「こほん」と、咳払《せきばら》いをした。

「あれ、由羽《ゆう》さん。どうしたの?」

「いや、さっきクラス演劇《えんげき》の話《はなし》してたよね。もし、よければ私《わたし》……」

すると、女子《じょし》たちはにっこり笑顔《えがお》に。

「あ、由羽《ゆう》さん、魔女《まじょ》の役《やく》?」

「似合《にあ》いそう!」

「さすが、自分《じぶん》のキャラわかってる」

はらわたが、煮《に》えくり返《かえ》る由羽《ゆう》だった。

由羽《ゆう》は、家《いえ》に帰《かえ》ってからも、もんもんと過《す》ごした。

「どーしても、主役《しゅやく》になりたい。なんでクラスのみんなは、私《わたし》を認《みと》めないの⁉」

イライラするときは、甘《あま》いものを食《た》べるにかぎると、おやつの棚《たな》を見《み》ると、こんな日《ひ》にかぎって大好物《だいこうぶつ》のクッキーが切《き》れていた。

「今日《きょう》は、ホントついてない一日《いちにち》。最悪《さいあく》の最低《さいてい》」

由羽《ゆう》は、ムスッとした表情《ひょうじょう》でベッドに寝《ね》ころんだ。

スマホをいじっていたら『オカルトでハッピー』というサイトを見《み》つけた。いろんな人《ひと》が呪《のろ》いや魔術《まじゅつ》のやり方《かた》などを投稿《とうこう》していた。

ふと、【『ナイトメア』という洋菓子店《ようがしてん》で〈ハピ＊やみスイーツ〉を食《た》べればどんな願《ねが》いも叶《かな》うよ】というSNS《エスエヌエス》の書《か》き込《こ》みに目《め》を引《ひ》かれた。だけど、店《みせ》の住所《じゅうしょ》は書《か》いてないし、【行《い》き方《かた》は悪夢《あくむ》をみること】なんて、いかにも怪《あや》しげな情報《じょうほう》だった。

（ふん、ばかばかしい）

と、思《おも》ったけど、なぜか〈ハピ＊やみスイーツ〉という言葉《ことば》が頭《あたま》から離《はな》れなくなった。

「ネットの情報《じょうほう》に踊《おど》らされる人間《にんげん》って、おろかよね」

と、毒《どく》づいたわりには、本棚《ほんだな》にあった『呪《のろ》いの本《ほん》』で悪夢《あくむ》をみられる方法《ほうほう》を探《さが》していた。

「私《わたし》は、おろかな人間《にんげん》たちとは違《ちが》う」

と、言《い》いつつ……『呪《のろ》いの本《ほん》』に書《か》いてあったとおりに黒《くろ》い服《ふく》を着《き》て左手《ひだりて》に十字架《じゅうじか》（ないので、割《わ》りばしで作《つく》った）、右手《みぎて》ににんにく（ないので、玉《たま》ねぎで代用《だいよう》した）を持《も》って、ベッドに横《よこ》たわっていた。

そして。

「私《わたし》の願《ねが》い、叶《かな》え～。主役《しゅやく》になりたい、なりたい、なりたい」

そう呪《のろ》いの呪文《じゅもん》のように繰《く》り返《かえ》しながら寝落《ねお》ちした。

すると、夜中《よなか》にうなされて目《め》が覚《さ》めた。

目《め》が覚《さ》めた由羽《ゆう》は驚《おどろ》いた。

「え、ここどこ？」

目《め》の前《まえ》の不気味《ぶきみ》なうす紫色《むらさきいろ》の霧《きり》をまとった洋館《ようかん》から、クリーム色《いろ》のうさぎのぬいぐるみがとびでてきて、由羽《ゆう》の腕《うで》をつかみ、店内《てんない》に引《ひ》きこんだ。

左手《ひだりて》に割《わ》りばしの十字架《じゅうじか》、右手《みぎて》に玉《たま》ねぎを持《も》ったまま、ポカンとした顔《かお》で店内《てんない》に連《つ》れていかれる由羽《ゆう》。

「ハピ＊やみ洋菓子店《ようがしてん》『ナイトメア』へようこそ。ボクはパティシエのヤミー」

「え、『ナイトメア』って、あのSNS《エスエヌエス》の？」

驚《おどろ》く由羽《ゆう》をスルーして、ヤミーは鼻《はな》をぴくぴくさせた。

「キミね、悪夢《あくむ》にみるほど叶《かな》えたい願《ねが》いがあるでしょ？」

「どうしてわかったの⁉」

由羽《ゆう》が素《す》で驚《おどろ》くと、うさぎのぬいぐるみは、やみやみと、口《くち》を手《て》で押《お》さえて笑《わら》った。

「ヤミーはAI《エーアイ》搭載《とうさい》の神《かみ》パティシエだから、わかるんだヤミ」

由羽《ゆう》は、首《くび》をかしげた。

「AI《エーアイ》で神《かみ》？　変《へん》なの」

「変《へん》じゃないヤミ。『ヤミーはいい子《こ》』って、スイちゃんが言《い》ってるヤミ」

ボタンの目《め》を逆三角《ぎゃくさんかく》にして怒《おこ》るヤミーをスルーして、由羽《ゆう》はひとりごとをつぶやいた。

「あ〜、清瀬《きよせ》さんがなんかそんなこと言《い》ってたかも。神様《かみさま》は良《よ》いも悪《わる》いも判断《はんだん》しないとか。たしかに、AI《エーアイ》も良《よ》し悪《あ》しを判断《はんだん》しない。神様《かみさま》とAI《エーアイ》はちょっと似《に》てるかもね」

「神《かみ》サマは知《し》らないけど、ヤミーは、正真正銘《しょうしんしょうめい》のいいうさぎなのヤミ。だって、みんなの願《ねが》いを叶《かな》えてあげてるヤミ」

由羽《ゆう》の顔《かお》がピリッとひきしまった。

「いま、願《ねが》いが叶《かな》うって、言《い》った？」

「言《い》ったヤミ。ヤミーが作《つく》った〈ハピ＊やみスイーツ〉を食《た》べれば、どんな願《ねが》いも叶《かな》っちゃうんだヤミ」

由羽《ゆう》の右側《みぎがわ》の口角《こうかく》が斜《なな》め四十五度《よんじゅうごど》にあがった。

「私《わたし》が求《もと》めていたのは、それ。願《ねが》いが叶《かな》うスイーツ！　お願《ねが》い。私《わたし》の願《ねが》いを叶《かな》えて。どんな代償《だいしょう》でも払《はら》うから。私《わたし》、クラス演劇《えんげき》で主役《しゅやく》になりたいの！」

「キミみたいに話《はなし》が早《はや》い子《こ》は助《たす》かるヤミ。ちょっと待《ま》ってるヤミ」

そう言《い》ってヤミーは、中央《ちゅうおう》に丸窓《まるまど》がついている金属扉《きんぞくとびら》の向《む》こうに消《き》えていった。

かと思《おも》うとすぐに戻《もど》ってきて、脚《あし》つきのお皿《さら》にのった山盛《やまも》りのクッキーを差《さ》し出《だ》した。

おやつのクッキーを食《た》べ損《そこ》ねていた由羽《ゆう》の目《め》が輝《かがや》く。

(運《うん》が向《む》いてきてる！　『ナイトメア』に来《こ》られたし、しかも私《わたし》の大好《だいす》きなクッキーだ)

由羽《ゆう》は、鼻《はな》をくんくんさせたが、クッキーはガラスのケーキドームにおおわれているので香《かお》りを感《かん》じとることはできなかった。

五百円玉《ごひゃくえんだま》くらいの大《おお》きさの丸《まる》いクッキーひとつひとつに、チョコで顔《かお》が描《えが》かれている。

「これは〈シュヤクッキー〉、これをぜーんぶ食《た》べれば、クラスのみんなはキミに心奪《こころうば》われるヤミ。そして、キミはたちまち主役《しゅやく》になれるヤミ」

ヤミーがケーキドームをはずすと、とたんに宝石箱《ほうせきばこ》をひっくり返《かえ》したようなカラフルな香《かお》りが広《ひろ》がった。

バニラみたいな甘《あま》い香《かお》り、バターのコクある香《かお》り、チーズの独特《どくとく》な香《かお》り、シナモンのエキゾチックな香《かお》り、コショウのようなスパイシーな香《かお》りも！

「うわ、何《なに》これ。いったい何種類《なんしゅるい》のクッキーがあるの？」

「キミのクラスの人数分《にんずうぶん》のクッキーがあるヤミ。さて、ぜーんぶ食《た》べられるかな？」

「ふん、ふふふーん」

由羽《ゆう》は、さっそくさわやかな香《かお》りのクッキーを手《て》にとって口《くち》に放《ほう》りこんだ。

「これは、レモンの香《かお》り？　あざと女子《じょし》の知奈《ちな》っぽい。こっちはピーチっぽい甘《あま》い香《かお》り、桃愛《ももあ》っぽい。ミントの香《かお》りは清瀬《きよせ》さん？」

クッキーに描《えが》かれた顔《かお》もどことなくクラスメイトの顔《かお》に似《に》ている。

どのクッキーが誰《だれ》なのか考《かんが》えながら食《た》べていたら、いつの間《ま》にか三十九枚《さんじゅうきゅうまい》ものクッキーを完食《かんしょく》していた。

さすがにおなかがパンパンになり、まぶたが重《おも》くなってきた。

「ねー、ホントに……願《ねが》いが叶《かな》うのよね？　私《わたし》……主役《しゅやく》に……なれる、んだよね？」

そうヤミーに念《ねん》を押《お》しているうちに、由羽《ゆう》はパタッとテーブルにうつぶせになり寝《ね》てしまった。

「もちろん、願《ねが》いは叶《かな》うヤミ。そして願《ねが》いが叶《かな》ったときに〈シュヤクッキー〉のお代《だい》をいただきますヤミ」

ヤミーの言葉《ことば》は、由羽《ゆう》の耳《みみ》に届《とど》いていたかどうか。

呪い

翌日《よくじつ》。

自分《じぶん》のベッドで目《め》を覚《さ》ました由羽《ゆう》は、おなかがいっぱいで、朝《あさ》ごはんを食《た》べることができなかった。

お母《かあ》さんには、文句《もんく》を言《い》われたけれど、

「今日《きょう》はクラス演劇《えんげき》の役決《やくぎ》めで、私《わたし》が主役《しゅやく》に選《えら》ばれるかもしれないの。だから緊張《きんちょう》して食《た》べられない」

と、言《い》い訳《わけ》をして登校《とうこう》した。

学校《がっこう》に行《い》くと不思議《ふしぎ》なことがおこった。

「おはよう。由羽《ゆう》さん、あら、今日《きょう》なんだかキラキラして見《み》えますね」

と、清瀬《きよせ》さんから声《こえ》をかけられたり、

「あれ、由羽《ゆう》っち、今日《きょう》メイクとかしてる？」

と、知奈《ちな》が目《め》をぱちくりしたり。

由羽《ゆう》は、自分《じぶん》の席《せき》につくと、教科書《きょうかしょ》の陰《かげ》からいつものようにクラスのみんなを観察《かんさつ》した。

みんながチラチラと自分《じぶん》のほうを見《み》てくる。その視線《しせん》も憧《あこが》れのまなざしだったり、尊敬《そんけい》のまなざしだったり、とにかく気分《きぶん》がよくなる感《かん》じだった。

(これは、昨日《きのう》のクッキーの効果《こうか》⁉)

そんな中《なか》、六時間《ろくじかん》めになりホームルームがはじまった。

清瀬《きよせ》さんがホワイトボードに配役《はいやく》を書《か》いた。
▼主役《しゅやく》：プリンセス
▼相手役《あいてやく》：王子《おうじ》
由羽《ゆう》の目《め》がキラリと光《ひか》る。

プリンセスという文字《もじ》しか目《め》に入《はい》らなかった。

「主役《しゅやく》のプリンセスに立候補《りっこうほ》したい人《ひと》はいますか？　このプリンセスは呪《のろ》いを受《う》け……」

と、説明《せつめい》をはじめた清瀬《きよせ》さんをさえぎって、桃愛《ももあ》が手《て》をあげた。

(えっ！　まさかの立候補《りっこうほ》⁉　出《で》られないって言《い》ってたのに！)と、驚《おどろ》く由羽《ゆう》。

そうではなかった。

桃愛《ももあ》は、由羽《ゆう》を振《ふ》り返《かえ》ると笑顔《えがお》で言《い》った。

「主役《しゅやく》には、由羽《ゆう》さんを推薦《すいせん》します」

その瞬間《しゅんかん》、パチパチとクラス中《じゅう》から拍手《はくしゅ》がわきおこった。

「いいと思《おも》います」「由羽《ゆう》さんしかいないと思《おも》います」「推《お》します」

クラス全員《ぜんいん》が由羽《ゆう》を見《み》て、うなずいている。

「反対《はんたい》の人《ひと》、いませんか？　では、主役《しゅやく》は由羽《ゆう》さんに決定《けってい》です」

ふたたび拍手《はくしゅ》がまきおこった。

「由羽《ゆう》さん、何《なに》かひとこと」

清瀬《きよせ》さんからうながされて、由羽《ゆう》は立《た》ちあがった。

「みなさんが、そこまで言《い》ってくださるなら、喜《よろこ》んで主役《しゅやく》をつとめます」

（気持《きも》ちいい～。最高《さいこう》の気分《きぶん》。主役《しゅやく》ってこんな感《かん》じなんだ！）

由羽《ゆう》は、にんまりと笑《わら》った――みんなは知《し》らないのだ。

自分《じぶん》がヤミーのクッキーを食《た》べて、みんなを操《あやつ》っていることを。

由羽《ゆう》は、みんなを見返《みかえ》してやったという痛快《つうかい》さも同時《どうじ》に味《あじ》わっていた。

そのときだった。急《きゅう》に世界《せかい》が白黒《しろくろ》に変《か》わり、すべてのものが動《うご》きを止《と》めた。

「では、〈シュヤクッキー〉のお代《だい》をいただきますヤミ～」

機械《きかい》じみた子《こ》どものような声《こえ》があたりに響《ひび》いた。


由羽《ゆう》は、自分史上最高《じぶんしじょうさいこう》に口角《こうかく》をあげた笑《え》みを浮《う》かべたまま彫像《ちょうぞう》のようにかたまった。

その身体《からだ》からは、深緑色《ふかみどりいろ》のミストがわきあがっている。

このミストは、主役《しゅやく》になれた由羽《ゆう》のハッピーな気持《きも》ち。

清瀬《きよせ》さんはホワイトボードに由羽《ゆう》の名前《なまえ》を書《か》きかけたまま、かたまっている。

ほかのクラスメイトたちも、拍手《はくしゅ》をしたままかたまっている。

その中《なか》をクリーム色《いろ》のもふもふのヤミーだけが、ピョンピョンとごきげんに跳《は》ねていく。

ヤミーは、由羽《ゆう》の身体《からだ》からわきあがっている深緑色《ふかみどりいろ》のミストをホイッパーで集《あつ》めると、

「願《ねが》いが叶《かな》ってよかったヤミ～」と、由羽《ゆう》にひと声《こえ》かけて、ごきげんに去《さ》っていった。


それから二週間後《にしゅうかんご》。

由羽《ゆう》は、学校《がっこう》の体育館《たいいくかん》の舞台《ぶたい》の上《うえ》に、主役《しゅやく》として立《た》っていた。

観客席《かんきゃくせき》からの「キャー、キャー」という声《こえ》が耳《みみ》に突《つ》き刺《さ》さる。

主役《しゅやく》の由羽《ゆう》は、苦々《にがにが》しい表情《ひょうじょう》を浮《う》かべている。

(ふん、そういうことか。でも、これは私《わたし》が主役《しゅやく》の舞台《ぶたい》。こうなったら、とことん役《やく》になりきってやる!)

開《ひら》き直《なお》ったような顔《かお》で由羽《ゆう》は、大《おお》きく手《て》を広《ひろ》げ、

「私《わたし》を見《み》るがいい。このプリンセスの姿《すがた》をしかとその目《め》に焼《や》きつけよ!」

と、体育館中《たいいくかんじゅう》に響《ひび》き渡《わた》る声《こえ》でセリフを叫《さけ》んだ。

舞台袖《ぶたいそで》では清瀬《きよせ》さんが、

「由羽《ゆう》さんが主役《しゅやく》と決《き》まってから、脚本《きゃくほん》を書《か》きかえて大正解《だいせいかい》でした」

と、満足《まんぞく》げにうなずいていた。

深《ふか》緑《みどり》色《いろ》の小《ちい》さな夜話《ナイト・テール》

温室《おんしつ》の中《なか》、緑《みどり》の葉《は》っぱたちは、美《うつく》しく咲《さ》き誇《ほこ》る白《しろ》い花々《はなばな》に拍手《はくしゅ》を送《おく》るかのように、小《ちい》さく揺《ゆ》れている。自分《じぶん》たちは引《ひ》き立《た》て役《やく》に徹《てっ》しているかのようだ。

ヤミーは、深緑色《ふかみどりいろ》の〈ハピ＊やみエッセンス〉が入《はい》ったガラスの小瓶《こびん》をゆらゆらと揺《ゆ》らしながら、スイに語《かた》りかけている。

「じつは、由羽《ゆう》ちゃんが演《えん》じたのは、プリンセスはプリンセスでも『呪《のろ》われたゾンビのプリンセス』だったヤミ。だから、顔《かお》の右側《みぎがわ》を深緑色《ふかみどりいろ》、左側《ひだりがわ》は茶色《ちゃいろ》に塗《ぬ》って、髪《かみ》はぼさぼさ、衣装《いしょう》もボロボロ。観客《かんきゃく》が『キャーキャー』言《い》ってたのは、怖《こわ》いって悲鳴《ひめい》だったヤミ。由羽《ゆう》ちゃんは、怖《こわ》いプリンセスの役《やく》が似合《にあ》いすぎてたヤミ～」

スイは、洞穴《ほらあな》みたいな暗《くら》い目《め》をして、

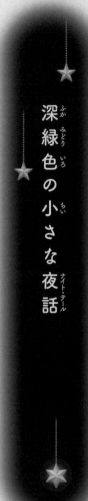

「願《ねが》いが叶《かな》ってよかったね」

と、抑揚《よくよう》のない声《こえ》でつぶやいた。

「スイちゃん！　それは、スイちゃんが小学三年生《しょうがくさんねんせい》のときに発表会《はっぴょうかい》で演《えん》じた天使《てんし》のセリフだヤミ！　家《いえ》でヤミーを相手《あいて》に何度《なんど》も天使《てんし》の役《やく》を練習《れんしゅう》してたヤミ。だけど、スイちゃんは、日常《にちじょう》がすでに天使《てんし》だったヤミ」

ヤミーは、はしゃいで、るん♪と跳《は》ねた。

しかし、スイはまた自分《じぶん》の世界《せかい》の中《なか》へ閉《と》じこもってしまったみたいだ。

目《め》を伏《ふ》せ、深々《ふかぶか》とロッキングチェアに身《み》を沈《しず》めた。

ヤミーは、深緑色《ふかみどりいろ》の小瓶《こびん》を持《も》って温室《おんしつ》を出《で》て、お店《みせ》のショーケースの中《なか》にそっとおさめた。レモン色《いろ》、金色《きんいろ》、青色《あおいろ》、そして深緑色《ふかみどりいろ》。

「四本《よんほん》め。だんだん集《あつ》まってきたヤミ。もう少《すこ》しで材料《ざいりょう》がそろうヤミ。スイちゃんの笑顔《えがお》をとり戻《もど》すために、みんなのハッピーな気持《きも》ちを集《あつ》めまくって、〈ハピ＊やみフラワーケーキ〉を作《つく》るヤミ」

ヤミーは、もふもふの手《て》をグッと握《にぎ》りしめてそうつぶやいた。

五皿《ごさら》め　ヒーロールケーキ

安東日彩《あんどうひいろ》は、戦隊《せんたい》ヒーローが大好《だいす》きなA《エー》中学《ちゅうがく》二年生女子《にねんせいじょし》。

兄弟《きょうだい》は、二歳上《にさいうえ》のお兄《にい》ちゃんと二歳下《にさいした》の弟《おとうと》。テレビ番組《ばんぐみ》もおもちゃもゲームも、ほぼほぼ男《おとこ》の子《こ》向《む》けという環境《かんきょう》で育《そだ》ったから、そうなった。

戦隊《せんたい》ヒーローもののフィギュアやアクスタがどんどん増《ふ》えていく日彩《ひいろ》の部屋《へや》を見《み》たお兄《にい》ちゃんが首《くび》をかしげた。

「日彩《ひいろ》、魔法少女《まほうしょうじょ》とかは、どうなんだ?」

日彩《ひいろ》は、ありえないというように、顔《かお》をしかめる。

「えー、だってあんなミニスカートで戦《たたか》う設定《せってい》がありえないよ。ケガするし、痛《いた》いに決《き》まってる。戦《たたか》うなら、戦隊《せんたい》ヒーローみたいに全身《ぜんしん》スーツが合理的《ごうりてき》だよ。しかも、カッコいい!」

と、ビシッと両手《りょうて》を斜《なな》めに伸《の》ばす変身《へんしん》ポーズで反論《はんろん》する日彩《ひいろ》に、お兄《にい》ちゃんは「ま、おまえがそこまで好《す》きなら、それもありか」とひきさがった。

そんな日彩《ひいろ》は、髪《かみ》はベリーショートで、ファッションもボーイッシュなスタイルが好《す》き。

正義感《せいぎかん》は人一倍強《ひといちばいつよ》く、将来《しょうらい》の夢《ゆめ》はヒーローみたいに誰《だれ》かを助《たす》けられる人《ひと》になること。

そのためのトレーニングとして、心身《しんしん》をゴリゴリに鍛《きた》えている。

毎朝《まいあさ》、腕立《うでた》て伏《ふ》せ二十回《にじっかい》&《アンド》プランク五分《ごふん》を五《ご》セット、スクワット百回《ひゃっかい》、放課後《ほうかご》は河原《かわら》で百《ひゃく》メートルダッシュを百本《ひゃっぽん》。さらに〈一日一善《いちにちいちぜん》〉を自《みずか》らに課《か》しているのだ。

部屋《へや》にも戦隊《せんたい》ヒーローのポスターにまじって、大《おお》きく筆《ふで》で書《か》いた〈一日一善《いちにちいちぜん》〉という紙《かみ》を貼《は》っている。


しかし、筋《きん》トレはともかく〈一日一善《いちにちいちぜん》〉をこなすことは、難《むずか》しい。

たとえば、今日《きょう》の朝《あさ》。

日彩《ひいろ》は、登校時《とうこうじ》に白《しろ》い子猫《こねこ》が歩道《ほどう》から車道《しゃどう》へふらふらと歩《ある》いているのを見《み》かけた。

「あぶない！」

とっさにかけより、子猫《こねこ》を抱《だ》きあげたところまではよかったが、向《む》こうから猛《もう》スピードでやってきた自転車《じてんしゃ》にぶつかりそうに！

すんでのところで避《よ》けたけど、自転車《じてんしゃ》のおじさんは、倒《たお》れて目《め》をまわしてしまった。

日彩《ひいろ》は、子猫《こねこ》を安全《あんぜん》な場所《ばしょ》に放《はな》すと、すぐさま「すみません！　大丈夫《だいじょうぶ》ですか？」と声《こえ》をかけたが、おじさんはまだ目《め》をまわしてのびている。おじさんの自転車《じてんしゃ》の前《まえ》かごからとびだしたピンクのハンドバッグを拾《ひろ》いあげたとき、たまたま警察官《けいさつかん》が通《とお》りかかった。

事情《じじょう》を説明《せつめい》すると「あとは、こちらで対処《たいしょ》するから学校《がっこう》に行《い》きなさい」と言《い》われ、ピンクのハンドバッグを警察官《けいさつかん》に手渡《てわた》し、「すみませんでした！」と、深々《ふかぶか》と頭《あたま》をさげ、学校《がっこう》に急《いそ》いだ。


学校《がっこう》でも日彩《ひいろ》の理想《りそう》とする〈一日一善《いちにちいちぜん》〉ヒーロー活動《かつどう》とは、真逆《まぎゃく》の出来事《できごと》が続《つづ》いた。

図書委員《としょいいん》が「はぁ、本《ほん》の虫干《むしぼ》し作業大変《さぎょうたいへん》……」と嘆《なげ》いているのを耳《みみ》にして、手伝《てつだ》いを申《もう》し出《で》た日彩《ひいろ》。はりきって前《まえ》が見《み》えないほどの高《たか》さに積《つ》みあげた本《ほん》を運《はこ》んでいて、うっかり大量《たいりょう》に積《つ》まれた本《ほん》の山《やま》に激突《げきとつ》。本《ほん》の山《やま》が崩《くず》れてしまい司書《ししょ》の先生《せんせい》にあきれられた。

体育《たいいく》の時間《じかん》。テニスの授業《じゅぎょう》で練習相手《れんしゅうあいて》の由羽《ゆう》が、コート外《がい》の立派《りっぱ》な松《まつ》の枝《えだ》にボールをひっかけてしまった。日彩《ひいろ》が「私《わたし》に任《まか》せて！」と、はりきって松《まつ》の木《き》にのぼったまではよかったけど、ボールを手《て》にしたとたん、足《あし》をのせていた太《ふと》い木《き》の枝《えだ》がポキリと折《お》れた。日彩《ひいろ》は、とっさに別《べつ》の枝《えだ》をつかんで落下《らっか》をまぬがれたけど（地道《じみち》な筋《きん》トレが役立《やくだ》った）、学校《がっこう》のシンボルの松《まつ》の枝《えだ》を折《お》ってしまい、体育《たいいく》の先生《せんせい》にこってり絞《しぼ》られた。

とどめは、給食《きゅうしょく》の時間《じかん》。友達《ともだち》が重《おも》そうに運《はこ》んでいたカレーの入《はい》った大《おお》なべを「持《も》つよ！」と横《よこ》から手《て》を出《だ》したのはいいけど、手《て》が滑《すべ》り、大《おお》なべをひっくり返《かえ》してしまった。その日《ひ》、日彩《ひいろ》のクラスのみんなは、人気《にんき》ナンバーワンメニューのカレーを食《た》べられなかった。日彩《ひいろ》は、クラスメイトのチクチクとした視線《しせん》を感《かん》じ、激《はげ》しく落《お》ち込《こ》んだ。

家《いえ》に帰《かえ》った日彩《ひいろ》は、自分《じぶん》の部屋《へや》にかけこむと、バタッと床《ゆか》に身体《からだ》を投《な》げだした。

「ヒーローになるどころか、やらかしてばっか」

ドンドンと悔《くや》しげに床《ゆか》をこぶしでたたく日彩《ひいろ》。突然《とつぜん》、

「こんな弱音吐《よわねは》くヒマがあったら、心《こころ》と身体《からだ》を鍛《きた》える。バーピージャンプ百回《ひゃっかい》！」

と、鼻息荒《はないきあら》くバーピージャンプをはじめたものの、三十二回《さんじゅうにかい》でダウンした。

はぁはぁと息《いき》を切《き》らせ、あおむけに寝《ね》ころんだ。

壁《かべ》に貼《は》られたたくさんの戦隊《せんたい》ヒーローのポスターと〈一日一善《いちにちいちぜん》〉の文字《もじ》が、日彩《ひいろ》を見《み》おろしている。

耐《た》えきれず日彩《ひいろ》は、顔《かお》を両手《りょうて》でおおった。

「なんでこんなにダメなの。ヒーローになりたいのに」

ポロッとひと粒涙《つぶなみだ》が流《なが》れた。

日彩《ひいろ》は横向《よこむ》きになると背中《せなか》を丸《まる》め、いつしか眠《ねむ》ってしまった。クラスメイトから「中二《ちゅうに》にもなって戦隊《せんたい》ヒーロー?」と、あざけられる夢《ゆめ》をみてうなされた。


しばらくのち……。

日彩《ひいろ》は、不思議《ふしぎ》な洋菓子店《ようがしてん》のテーブルについて腕組《うでぐ》みをしていた。

かたわらに立《た》っているヤミーと名乗《なの》るうさぎのぬいぐるみが、

「ハピ*やみ洋菓子店《ようがしてん》『ナイトメア』へようこそ。悪夢《あくむ》に導《みちび》かれて来《き》たヤミね。これは、ヒーローになりたいというキミの願《ねが》いが叶《かな》う〈ヒーロールケーキ〉ヤミ。ささ、めしあがれ」

と、目《め》の前《まえ》に置《お》かれたおいしそうなケーキを食《た》べるようにうながしてくる。

「おいしそうだけど……『ナイトメア』とか、あの黒《くろ》いシャンデリアとか、悪夢《あくむ》とか、言《い》ってること、めっちゃ怪《あや》しい。ヤミーは……むしろ悪《あく》の組織側《そしきがわ》じゃないの？」

すると、ヤミーはムスッとした表情《ひょうじょう》になった。

「ヒーローは細《こま》かいことにこだわらないヤミ。目《め》の前《まえ》の人《ひと》の言《い》うことを信《しん》じるものヤミ」

日彩《ひいろ》は、思《おも》わずひるむ。

「っつ、た、たしかに……それに、このケーキ、おいしそうすぎる」

おなかはグーグー鳴《な》っている。しかも目《め》の前《まえ》のケーキは、日彩《ひいろ》の大好《だいす》きなロールケーキだ。

厚《あつ》めにカットされたケーキの断面《だんめん》は、たっぷりの生《なま》クリーム。〈の〉の字《じ》の形《かたち》に巻《ま》かれているチョコスポンジの上《うえ》にはカラフルな金平糖《こんぺいとう》がちりばめられている。ケーキの下《した》には、マントのような赤《あか》いクレープ生地《きじ》が敷《し》いてあった。

ヤミーがさらに日彩《ひいろ》をあおった。

「食《た》べ残《のこ》しは、地球《ちきゅう》に優《やさ》しくないヤミ。ヒーローじゃないヤミ」

その言葉《ことば》に日彩《ひいろ》はハッとした。

「そうだ。ヒーローは地球《ちきゅう》を守《まも》らなきゃ！　私《わたし》、食《た》べる。たとえこれが悪《あく》の組織《そしき》のワナだったとしても！」

日彩《ひいろ》は「いただきます」と手《て》を合《あ》わせ、フォークとナイフを使《つか》って〈ヒーロールケーキ〉をじっくり味《あじ》わった。

「これ、悪《あく》の組織《そしき》のワナだったとしても『まぁいいか』って思《おも》えるくらいおいしい!!」

と、満足《まんぞく》げに笑《わら》った日彩《ひいろ》。

ところが、そのとたん、日彩《ひいろ》の目《め》の前《まえ》に星《ほし》がチカチカと輝《かがや》きはじめた。さらに、目《め》の前《まえ》の景色《けしき》がぐるぐると〈の〉の字《じ》みたいにまわりはじめた。

「な、何《なに》これ。視界《しかい》が変《へん》……。ヤミー、やっぱりヤミーは悪《あく》の組織《そしき》の一員《いちいん》だったのね！」

「……だまって見《み》ているヤミ」

目《め》の前《まえ》の景色《けしき》は、渦巻《うずま》きのように溶《と》けてしまい、あたりは黒《くろ》い空間《くうかん》となった。

日彩《ひいろ》の目《め》の前《まえ》には、白《しろ》いスクリーンが浮《う》かびあがり、そこに映像《えいぞう》が映《うつ》しだされた。

朝《あさ》の登校時間《とうこうじかん》。歩道《ほどう》から車道《しゃどう》へふらふらと歩《ある》いていく白《しろ》い子猫《こねこ》。

子猫《こねこ》を助《たす》けようととっさにかけよる女子中学生《じょしちゅうがくせい》。

「え？　私《わたし》⁉」

反対側《はんたいがわ》からは、自転車《じてんしゃ》の前《まえ》かごにピンクのハンドバッグを入《い》れたおじさんが猛烈《もうれつ》なスピードでこちらに向《む》かってくる。

「あ、え？　これ、今朝《けさ》、自転車《じてんしゃ》とぶつかりそうになったとき！」

日彩《ひいろ》は、思《おも》わず映像《えいぞう》の中《なか》の自分《じぶん》に向《む》かって叫《さけ》んだ。

「ストップ、自転車《じてんしゃ》にぶつかるよ！」

もちろん映像《えいぞう》の中《なか》の自分《じぶん》にその声《こえ》が届《とど》くはずもなく。

そのあとは、今朝《けさ》とまったく同《おな》じ展開《てんかい》に。

向《む》こうから来《き》た自転車《じてんしゃ》とぶつかりそうになり、すんでのところで避《よ》けるも、おじさんは転《ころ》んでしまい、自転車《じてんしゃ》のかごからピンクのハンドバッグがとびだし……。

「〈ヒーロールケーキ〉を食《た》べたなら、ヒーローになれるんじゃなかったの？　なんで、自分《じぶん》の失敗《しっぱい》を見《み》せつけられてるの⁉」

険《けわ》しい表情《ひょうじょう》の日彩《ひいろ》を、

「まぁまぁ、もう少《すこ》し見《み》るヤミ」

と、ヤミーがなだめる。

日彩《ひいろ》はムスッとした顔《かお》で腕組《うでぐ》みをして、スクリーンを見《み》つめた。

通《とお》りかかった警察官《けいさつかん》におじさんをたくして自分《じぶん》が立《た》ち去《さ》る。

あとに残《のこ》ったのは、目《め》をまわしているおじさんと警察官《けいさつかん》。

そこに、『その人《ひと》、ひったくりよ〜。つかまえて‼』と、ピンクのワンピースを着《き》た中《ちゅう》年女性《ねんじょせい》が走《はし》ってきた。

『何《なに》⁉』

警察官《けいさつかん》は、目《め》の前《まえ》でのびているおじさんをすぐにとり押《お》さえた。

「見《み》たヤミ？　あのおじさんはひったくり犯《はん》だったヤミ。キミは気《き》づかないうちにひったくり犯《はん》をつかまえる手助《てだす》けをしてたヤミ」

「えー！　そうだったの⁉」

日彩《ひいろ》は、驚《おどろ》いて目《め》を丸《まる》くした。

それだけじゃなかった。

そのあと、場面《ばめん》は学校《がっこう》へと切《き》り替《か》わった。

図書室《としょしつ》で本《ほん》の虫干《むしぼ》しを手伝《てつだ》い、本《ほん》の山《やま》を崩《くず》してしまった件《けん》。

あとで司書《ししょ》の先生《せんせい》が、本《ほん》をあらためて整理《せいり》していて『あらっ？』と声《こえ》をあげた。

大《おお》きな辞書《じしょ》に小《ちい》さな小冊子《しょうさっし》がはさまっている。『この冊子《さっし》、なくなったと思《おも》って探《さが》しまくっていたけど、辞書《じしょ》の間《あいだ》にはさまっていたなんて！　日彩《ひいろ》さんのおかげで貴重《きちょう》な冊子《さっし》が見《み》つかったわ』と、司書《ししょ》の先生《せんせい》はうれしそうに笑《わら》っていた。

さらに体育《たいいく》の授業中《じゅぎょうちゅう》に松《まつ》の枝《えだ》を折《お》ってしまった件《けん》。

「松《まつ》の下《した》をよく見《み》てみるヤミ」

ヤミーに言《い》われて、じーっと見《み》てみると、三角頭《さんかくあたま》のヘビが松《まつ》の枝《えだ》の下敷《したじ》きになってのびていた。どうやら、木《き》の枝《えだ》の直撃《ちょくげき》を受《う》けてお亡《な》くなりになったようだ。

「あれは毒《どく》のあるマムシ。校舎《こうしゃ》にマムシが入《はい》ってこなくて、よかったヤミ」

最後《さいご》は、給食《きゅうしょく》のカレーの大《おお》なべをひっくり返《かえ》してしまった件《けん》。

「これは、ホント大失敗《だいしっぱい》だった。いま思《おも》い出《だ》してもみんなの視線《しせん》が怖《こわ》い」

「食《た》べ物《もの》のうらみは恐《おそ》ろしいヤミね。結果《けっか》は自分《じぶん》の目《め》でリアルに確《たし》かめるといいヤミ」

ヤミーがそう言《い》うと、また日彩《ひいろ》の目《め》の前《まえ》の景色《けしき》がぐるぐるとまわりはじめ……。


目《め》を覚《さ》ました日彩《ひいろ》は、自分《じぶん》の家《いえ》のベッドで寝《ね》ていた。

「……変《へん》な夢《ゆめ》みたなぁ」

とつぶやきつつ、壁《かべ》の時計《とけい》を見《み》ると朝《あさ》8時《じ》。

「ヤバッ、遅刻《ちこく》しちゃう！」

ダッシュで登校《とうこう》した日彩《ひいろ》に、クラス委員《いいん》の清瀬《きよせ》さんが近《ちか》づいてきた。

「おはよ、日彩《ひいろ》さん。昨日《きのう》は……」

「カレーの件《けん》だよね？　ごめんて。反省《はんせい》してる」

日彩《ひいろ》がそう言《い》って手《て》を合《あ》わせると、清瀬《きよせ》さんは静《しず》かに頭《あたま》を振《ふ》った。

「いいえ、日彩《ひいろ》さんがおなべをひっくり返《かえ》してくれたので、私《わたし》たちのクラスだけ助《たす》かりました」

「え？」

「昨日《きのう》のカレーに、食中毒菌《しょくちゅうどくきん》がまぎれこんでいました。私《わたし》たちのクラス以外《いがい》、腹痛《ふくつう》の生徒《せいと》が続出《ぞくしゅつ》し、本日《ほんじつ》は、ほとんどのクラスが学級閉鎖《がっきゅうへいさ》。あなたが、私《わたし》たちを救《すく》ってくれたんです」

それを聞《き》いた日彩《ひいろ》の目《め》が輝《かがや》いた。

「……いろいろ失敗《しっぱい》してばっかだと思《おも》ってたけど、じつはヒーローだった！」

日彩《ひいろ》は思《おも》わず立《た》ちあがると、右手《みぎて》のこぶしを高《たか》くかかげた。

「それって、さいこーにカッコいい！」


そのときだった。

世界《せかい》が白黒《しろくろ》に変《か》わり、すべてのものが動《うご》きを止《と》めた。

あたりに機械《きかい》じみた子《こ》どものような声《こえ》が響《ひび》いた。

「そうそう。キミは知《し》らないうちに世界《せかい》を救《すく》っていたんだヤミ。それでは〈ヒーロールケ

一日一善

ーキ〉のお代《だい》をいただきますヤミ」

日彩《ひいろ》は右手《みぎて》のこぶしをつきあげたまま彫像《ちょうぞう》のようにかたまっていた。

その身体《からだ》から、もくもくとわきでてくる赤《あか》いミストをヤミーがホイッパーで集《あつ》めていく。

「願《ねが》いが叶《かな》って、よかったヤミ」

ヤミーは日彩《ひいろ》にそうつぶやくと、ピョンピョンと去《さ》っていった。


ヤミーが去《さ》ると、止《と》まっていた時間《じかん》がふたたび動《うご》きだした。

ハッピーになった気持《きも》ちが消《き》えてしまった日彩《ひいろ》の顔《かお》から、急《きゅう》に笑顔《えがお》が消《き》えた。高《たか》くつきあげていたこぶしをおろし、首《くび》をかしげた。

「なんであんなにヒーローに憧《あこが》れてたのかな……うーん、昨日《きのう》までの私《わたし》、ちょっと子《こ》どもっぽかったかも」

そうつぶやく日彩《ひいろ》の横顔《よこがお》は、少《すこ》しだけ大人《おとな》びて見《み》えた。

赤《あか》色《いろ》の小《ちい》さな夜話《ナイト・テール》

今夜《こんや》は太陽《たいよう》フレアの影響《えいきょう》でオーロラが空《そら》を赤《あか》く彩《いろど》っている。

ヤミーは、赤《あか》い夜空《よぞら》と手《て》にした赤《あか》い〈ハピ＊やみエッセンス〉入《い》りの小瓶《こびん》を見比《みくら》べ、「スイちゃん、見《み》て、同《おな》じ色《いろ》ヤミ」と話《はな》しかけたが、スイは相変《あいか》わらず無表情《むひょうじょう》なままだ。

「ヒーローに興味《きょうみ》をなくした日彩《ひいろ》ちゃんだけど、昨日《きのう》もこんなことがあったヤミ。学校《がっこう》からの帰《かえ》り道《みち》、知《し》らないおばあさんに『近《ちか》くに銀行《ぎんこう》はありますか？』とたずねられて『案内《あんない》しますっ！』と案内《あんない》しはじめたのはいいんだけど、あちこち迷《まよ》ったあげく、間違《まちが》って交番《こうばん》についてしまったヤミ。おばあさんは苦笑《くしょう》しながら『交番《こうばん》で聞《き》くわね』と交番《こうばん》に入《はい》っちゃって、日彩《ひいろ》ちゃんは落《お》ち込《こ》みつつ家《いえ》に帰《かえ》ったヤミ。でも、じつはおばあさんは、振《ふ》り込《こ》み詐欺《さぎ》にだまされていたことが交番《こうばん》でわかったヤミ。日彩《ひいろ》ちゃんは、このことを知《し》らないけど、相変《あいか》わらず人知《ひとし》れず本人《ほんにん》も知《し》らないうちに誰《だれ》かを救《すく》っているヤミ。だから無理《むり》してヒーローをめざさなくてもじゅうぶんヤミ」

スイは、ふわぁとあくびをひとつ。

「ごめん、お話《はなし》が長《なが》すぎたヤミね」

ヤミーはしょんぼりと耳《みみ》を伏《ふ》せた。

「ねー、スイちゃん、覚《おぼ》えてる？　スイちゃんもヤミーのヒーローだったヤミ。スイちゃんの弟《おとうと》のレンに、ヤミーが耳《みみ》をつかまれ振《ふ》りまわされていると、いつも助《たす》けてくれたヤミ」

ヤミーは、そう言《い》うと赤色《あかいろ》の小瓶《こびん》を手《て》に温室《おんしつ》を出《で》た。

お店《みせ》のショーケースの中《なか》に小瓶《こびん》をおさめるとつぶやいた。

「ＡＩ《エーアイ》検索《けんさく》した〈ハピ＊やみフラワーケーキ〉のレシピによると、あと二本《にほん》ハッピーな気《き》持《も》ちが手《て》に入《はい》れば完成《かんせい》ヤミ！　がんばるヤミ！」

ヤミーは、気合《きあ》いも新《あら》たに窓《まど》からピョンととびだした。

「夜空《よぞら》が赤《あか》いマントみたいヤミ。ふふふ、ヤミーも、ヒーローなんだヤミ。スイちゃんを笑顔《えがお》にする〈ハピ＊やみフラワーケーキ〉を作《つく》っているんだから！」

六《ろく》皿《さら》め　スクープリン

放課後《ほうかご》のA中学新聞部《エーちゅうがくしんぶんぶ》の部室《ぶしつ》で、雨野貴実《あめのたかみ》はパソコンに向《む》かっていた。

あごのラインできっぱりと切《き》りそろえたストレートボブ、両端《りょうたん》が少《すこ》しつりあがっている形《かたち》の紫《むらさき》フレームのメガネ――と個性的《こせいてき》な見《み》た目《め》。中身《なかみ》は、〈知《し》りたがり〉という言葉《ことば》がぴったりの好奇心《こうきしん》のかたまりである。

「えっと、タイトルは……【実録《じつろく》！　ポイ捨《す》てあざと女子《じょし》の素顔《すがお》】、リード記事《きじ》は……『被《ひ》害者二十人以上《がいしゃにじゅうにんいじょう》。手《て》あたり次第《しだい》に男子《だんし》に声《こえ》をかけては、ポイ捨《す》てする女子《じょし》とは？』っと。これはもう炎上不可避《えんじょうふかひ》だね。ふふ、だけど私《わたし》は嫌《きら》いじゃないよ。話題《わだい》を提供《ていきょう》してくれちゃう人《ひと》」

貴実《たかみ》は、にんまりと満足《まんぞく》そうに笑《わら》った。

「こういう記事《きじ》は、ウケるし」

「ごきげんだな。いい記事《きじ》書《か》けたのか？」

と、貴実《たかみ》に声《こえ》をかけてきたのは、部長《ぶちょう》の青芝正義《あおしばまさよし》くん。背《せ》が高《たか》くて、目鼻立《めはなだ》ちが整《ととの》っている。

（同《おな》じ二年《にねん》なのに、部長《ぶちょう》だからって、上《うえ》から目線《めせん》なのが気《き》にくわない）

と、貴実《たかみ》は渋《しぶ》い顔《かお》をする。

青芝《あおしば》くんが書《か》く記事《きじ》は【わが校《こう》のＳＤＧｓ《エスディージーズ》へのとりくみ】とか【災害《さいがい》への備《そな》え、中学生《ちゅうがくせい》にできること】など、かたくてまじめなものが多《おお》い。たしかに取材力《しゅざいりょく》もあるし、文章《ぶんしょう》もうまい。青芝《あおしば》くんの実力《じつりょく》は貴実《たかみ》も認《みと》めている。

（だけど残念《ざんねん》だよね、彼《かれ》のネタはバカまじめすぎる）と、貴実《たかみ》が思《おも》ったとき、

「これは残念《ざんねん》だな。君《きみ》のネタは不《ふ》まじめすぎる」

と、青芝《あおしば》くんが眉《まゆ》をひそめた。

報道《ほうどう》で世界《せかい》を正《ただ》したいと考《かんが》えている正義感成分強《せいぎかんせいぶんつよ》めの青芝《あおしば》くんに対《たい》して、貴実《たかみ》は、報道《ほうどう》も一種《いっしゅ》のエンタメだと思《おも》っている。書《か》く記事《きじ》もゴシップやうわさ話《ばなし》などウケるネタばかり。

そもそも、貴実《たかみ》はジャーナリズムには興味《きょうみ》がなくて、新聞部《しんぶんぶ》に入《はい》ったのは、みんなが知《し》らない他人《たにん》の秘密《ひみつ》をただ知《し》りたい・・・からだった。

そんなふうだから、部活動《ぶかつどう》において、貴実《たかみ》と青芝《あおしば》くんは水《みず》と油《あぶら》みたいな関係《かんけい》だった。

「えーっ。中学生《ちゅうがくせい》が興味《きょうみ》あるのは、好《す》きとかフラれたとか、そういう恋愛《れんあい》ネタでしょ？」

「そういうのは、イエロージャーナリズムといって煽情的《せんじょうてき》に人々《ひとびと》の興味《きょうみ》をあおろうとする類《たぐい》のものだ。僕《ぼく》は、この部《ぶ》を学生《がくせい》らしい模範的《もはんてき》な活動《かつどう》の場《ば》にしていきたい。先代部長《せんだいぶちょう》の朱《あか》音先輩《ねせんぱい》からもそう言《い》われているし」

「はぁ」

と生返事《なまへんじ》を返《かえ》す貴実《たかみ》。

心《こころ》の中《なか》では、（でも、読《よ》まれなきゃ意味《いみ》がないでしょ）と反発《はんぱつ》していた。

貴実《たかみ》は、自分《じぶん》の企画力《きかくりょく》に自信《じしん》をもっていた。中学生《ちゅうがくせい》の読者《どくしゃ》が求《もと》めているキャッチーなネタを提供《ていきょう》していると自負《じふ》していた。

だから、三年生《さんねんせい》が部活動《ぶかつどう》を引退《いんたい》して、新聞部《しんぶんぶ》の部長《ぶちょう》が青芝《あおしば》くんに決《き》まったときは、歯《は》ぎしりして悔《くや》しがった。

いまでも自分《じぶん》のほうがデキるのに、と不満《ふまん》に思《おも》っている。

「そういえば、もうすぐ関東地区中学生新聞《かんとうちくちゅうがくせいしんぶん》コンテストがあるけど、君《きみ》はエントリーしないのか？」

「うーん。パパッと取材《しゅざい》できて簡単《かんたん》にまとめられるようなネタがあれば、エントリーしてもいいけどなぁ」

由緒《ゆいしょ》あるコンテストなのだが、まじめな記事《きじ》に興味《きょうみ》がもてない貴実《たかみ》は、手抜《てぬ》きする気《き》まんまんだった。

それを見抜《みぬ》いた青芝《あおしば》くんは、小《ちい》さく左右《さゆう》に頭《あたま》を振《ふ》りつつ言《い》った。

「そういう考《かんが》えなら、コンテストには参加《さんか》すべきじゃない。僕《ぼく》は、常々《つねづね》、中途半端《ちゅうとはんぱ》な取材《しゅざい》や手抜《てぬ》きの記事《きじ》は、誰《だれ》かを不幸《ふこう》にすることもあると自戒《じかい》している」

「……」

何《なに》も言《い》い返《かえ》すことができず、貴実《たかみ》は悔《くや》しげにくちびるをかみしめた。

ふたりの会話《かいわ》を聞《き》いていた一年生部員《いちねんせいぶいん》が明《あか》るい声《こえ》で青芝《あおしば》くんに話《はな》しかけた。

「部長《ぶちょう》は、コンテストに出《だ》す記事《きじ》のネタを決《き》めてるんですか？」

「ああ、いまやわが国《くに》では経済的《けいざいてき》な格差《かくさ》が広《ひろ》がりつつある。中学生《ちゅうがくせい》の貧困問題《ひんこんもんだい》を記事《きじ》にするつもりだ」

「わぁ、カッコいい」

一年生部員《いちねんせいぶいん》の称賛《しょうさん》の声《こえ》を聞《き》き流《なが》し、青芝《あおしば》くんはパソコンのキーボードを猛烈《もうれつ》な勢《いきお》いでたたきはじめた。

(うわ、頭《あたま》も記事《きじ》もかたい。これ、もうダイヤモンドこえてウルツァイト窒化《ちっか》ホウ素《そ》くらいガチガチ)と、貴実《たかみ》が、心《こころ》の中《なか》で皮肉《ひにく》ったときだった。

青芝《あおしば》くんが、チラッと横目《よこめ》で貴実《たかみ》を見《み》た。

「そういえば、この学校《がっこう》のうわさ話《ばなし》を面白《おもしろ》おかしく書《か》いてるSNS《エスエヌエス》サイト、知《し》ってる?」

貴実《たかみ》は、あわてて、「し、知《し》らないですけど?」と返《かえ》したけど、自分《じぶん》でも否定《ひてい》するタイミングが早《はや》すぎたような気《き》もした。

貴実《たかみ》があせったのは、そのサイトを運営《うんえい》しているのが、じつは自分《じぶん》だからだ。

新聞部《しんぶんぶ》でのまじめな活動《かつどう》だけでは飽《あ》き足《た》らなかった。

(もっとひりつくような記事《きじ》が書《か》きたい)という欲望《よくぼう》のおもむくままにはじめたSNS《エスエヌエス》は、

『A中学《エーちゅうがく》のヤバうわさ話《ばなし》』というタイトル、ハンドルネームは『正疑《せいぎ》の記者《きしゃ》』だ。〈正疑《せいぎ》〉という言葉《ことば》には、〈正《ただ》しさを疑《うたが》う〉という意味《いみ》をこめている。

最初《さいしょ》は、【A中学《エーちゅうがく》で、告白失敗率《こくはくしっぱいりつ》が高《たか》いスポットベスト3】とか【転《ころ》ぶ人続出《ひとぞくしゅつ》。リアル学校《がっこう》の階段《かいだん》の怪談《かいだん》】みたいなウケを狙《ねら》った記事《きじ》を投稿《とうこう》した。

すると、徐々《じょじょ》に読《よ》んでくれる人《ひと》が増《ふ》えてきて、『A中学《エーちゅうがく》のヤバうわさ話《ばなし》』は『A中《エーちゅう》ヤバナシ』と愛称《あいしょう》で呼《よ》ばれるようになり、【『A中《エーちゅう》ヤバナシ』楽《たの》しみに読《よ》んでます♪】【悪《わる》くないかも】【おもしれー】などと、コメントをもらうようになった。

青芝《あおしば》くんには「知《し》らないですけど？」と、ごまかしたけど、最近《さいきん》の貴実《たかみ》は、学校《がっこう》の新聞《しんぶん》部《ぶ》の活動《かつどう》よりも、『A中《エーちゅう》ヤバナシ』のほうに力《ちから》を入《い》れていた。

「じゃ、お先《さき》に失礼《しつれい》しまーす」

と、部室《ぶしつ》を出《で》た貴実《たかみ》は、新聞部《しんぶんぶ》の掲示板《けいじばん》の前《まえ》で立《た》ち止《ど》まった。新聞部《しんぶんぶ》のみんなで作《つく》った今月号《こんげつごう》の新聞《しんぶん》が貼《は》ってある。

（こんなまじめなの、本当《ほんとう》に生徒《せいと》に読《よ》まれているのかな？）

貴実《たかみ》は首《くび》をかしげると、スマホをとりだした。

「あ、コメントきてる♪」

『A中《エーちゅう》ヤバナシ』の場合《ばあい》は、読者《どくしゃ》から反応《はんのう》がもらえる。貴実《たかみ》にとっては、それがやりがいだった。

家《いえ》に帰《かえ》った貴実《たかみ》は、『A中《エーちゅう》ヤバナシ』でどんなネタがよく読《よ》まれたのかを分析《ぶんせき》してみた。

その結果《けっか》。

「やっぱり恋愛《れんあい》ネタは、鉄板《てっぱん》だ」

A子《エーこ》さんとB男《ビーお》くんがつきあってる、とか、C太《シーた》くんがD美《ディーみ》ちゃんにフラれたといったネタは読《よ》まれる回数《かいすう》が多《おお》い。本名《ほんみょう》じゃなく仮名《かめい》にしているところも「え、誰《だれ》？」と興味《きょうみ》をそそるポイントになっているようだ。そもそも、ネットで個人名《こじんめい》をさらすことは、まずいわけだけど。

その後《ご》も貴実《たかみ》は、ますます『A中《エーちゅう》ヤバナシ』での情報発信《じょうほうはっしん》に熱中《ねっちゅう》していった。

いつの間《ま》にか、読者《どくしゃ》ウケを気《き》にするあまり、だんだんと大《おお》げさに書《か》いたり、センセーショナルな見出《みだ》しをつけたりするようにもなっていた。

好感度《こうかんど》カップルに対《たい》してはアゲ記事《きじ》を書《か》き、人気《にんき》のないカップルには辛口《からくち》の記事《きじ》を書《か》き、浮気《うわき》がちな人物《じんぶつ》に対《たい》しては、辛辣《しんらつ》な言葉《ことば》でこきおろした。

良《よ》いは良《よ》い、悪《わる》いは悪《わる》いという記事《きじ》は、わかりやすさがウケたみたいで、【この記事読《きじよ》んでスッキリ】【やっぱサイテーなヤツは底辺《ていへん》ってこと】【いいぞ、もっとやれ】といった書《か》き込《こ》みも増《ふ》えた。

「私《わたし》の影響力《えいきょうりょく》すごい！」

貴実《たかみ》は、ますます鼻《はな》を高《たか》くした。

貴実《たかみ》の行動《こうどう》はどんどんエスカレート。それが真実《しんじつ》でも嘘《うそ》でも、人《ひと》の心《こころ》の中《なか》にぐいぐいと土足《どそく》で踏《ふ》み入《い》っていった。

ある日《ひ》、貴実《たかみ》は、ちょっと面白《おもしろ》そうなネタを見《み》つけた。

〈なんでも願《ねが》いが叶《かな》うスイーツが食《た》べられる不思議《ふしぎ》な洋菓子店《ようがしてん》〉があるという。

だけど調《しら》べていくうちに、〈パティシエがうさぎ〉だとか〈悪夢《あくむ》をみた者《もの》だけが行《い》ける〉とか、ファンタジーともオカルトともつかぬ話《はなし》となってきた。

〈恋愛系《れんあいけい》でもないし、このネタは棚《たな》あげしとくか〉と、貴実《たかみ》はあっさり見切《みき》りをつけた。

そんなとき、青芝《あおしば》くんが作《つく》った中学生《ちゅうがくせい》の貧困問題《ひんこんもんだい》を考《かんが》えるというテーマの新聞《しんぶん》が、関東《かんとう》地区中学生新聞《ちくちゅうがくせいしんぶん》コンテストで金賞《きんしょう》を受賞《じゅしょう》した。

新聞部《しんぶんぶ》はじまって以来《いらい》の快挙《かいきょ》で、部員《ぶいん》はみんな大騒《おおさわ》ぎ。

去年《きょねん》の部長《ぶちょう》だった三年《さんねん》の朱音先輩《あかねせんぱい》が主催者《しゅさいしゃ》となって『青芝《あおしば》くんおめでとう会《かい》』を開《ひら》いた。

といっても、駅近《えきちか》くのカラオケ店《てん》で遊《あそ》んだだけだけど。

みんなが楽《たの》しく歌《うた》う中《なか》、貴実《たかみ》は腕組《うでぐ》みをしてムスッとしていた。

青芝《あおしば》くんに差《さ》をつけられた気《き》がして面白《おもしろ》くなかった。みんなが青芝《あおしば》くんをチヤホヤするのも気《き》に入《い》らない。

「ほら、貴実《たかみ》ちゃんも、青芝《あおしば》くんにおめでとうって言《い》ってあげて」

朱音先輩《あかねせんぱい》にうながされても、

「別《べつ》に。私《わたし》からのお祝《いわ》いの言葉《ことば》なんていらないと思《おも》いますよ」

と、肩《かた》をすくめた。

負《ま》けず嫌《ぎら》いの貴実《たかみ》は、心《こころ》の中《なか》では、

（だけど、本当《ほんとう》にみんなが読《よ》みたいと思《おも》ってるのは、青芝《あおしば》くんが書《か》くようなバカまじめな

記事《きじ》じゃないよ）

と、反発《はんぱつ》していた。

そんなある日《ひ》。『A中《エーちゅう》ヤバナシ』に匿名《とくめい》で書《か》き込《こ》みがあった。

【新聞部《しんぶんぶ》の部長《ぶちょう》が誰《だれ》かに告白《こくはく》しようとしているみたい】

貴実《たかみ》は、ドキッとした。

（まさかの青芝《あおしば》くん？　これまで恋《こい》のうわさがまったくなかったのに！）

強烈《きょうれつ》に「相手《あいて》が誰《だれ》なのか知《し》りたい！」という欲《よく》がわいてきた。

貴実《たかみ》は、メガネのフレームをつかんで満足《まんぞく》げにつぶやく。

「これはすごいスクープになる！」

差《さ》をつけられてしまった青芝《あおしば》くんの鼻《はな》をあかすチャンスだと思《おも》った。

それからというもの貴実《たかみ》は、こっそり青芝《あおしば》くんにつきまとうようになった。

部活中《ぶかつちゅう》にすきをみて、彼《かれ》のスマホの待《ま》ち受《う》け画面《がめん》をチェックしたり（【見《み》るな！】と文《も》字《じ》が出《で》てびっくり！）、聴《き》いている音楽《おんがく》をチェックしたり（オーディオブックで『取材《しゅざい》論《ろん》』を聴《き》いていた、まじめか）、帰《かえ》り道《みち》に尾行《びこう》してみたり（古本屋《ふるほんや》さんへ直行《ちょっこう》だった、まじめかその2）……いろいろ探《さが》してみてもヒントは見《み》つからなかった。

古本屋《ふるほんや》さんの前《まえ》で、ボーッと歩道《ほどう》と車道《しゃどう》を分《わ》けるガードフェンスによりかかっていると、店《みせ》から出《で》てきた青芝《あおしば》くんとばっちり目《め》が合《あ》ってしまった。

「あれっ？」

貴実《たかみ》を見て、目《め》を丸《まる》くする青芝《あおしば》くん。貴実《たかみ》のほうは、

「あ、えっと。今日《きょう》は歩道《ほどう》に生《は》える雑草対策《ざっそうたいさく》の取材《しゅざい》で……」

と、とっさにうそをついてごまかした。

「へぇ、まじめな記事《きじ》も書《か》いているんだな」

そう言《い》うと、青芝《あおしば》くんは左手《ひだりて》のほうへ歩《ある》いていこうとした。

貴実《たかみ》は、その背中《せなか》に声《こえ》をかけた。

「でも、いまから帰《かえ》るとこ。あ、私《わたし》も帰《かえ》り道《みち》、こっちなんだ」

というわけで、ふたりは肩《かた》を並《なら》べて歩《ある》きだした。

「青芝《あおしば》くんさぁ、休《やす》みの日《ひ》は何《なに》してるの？」

「うーん、ジャーナリズムの本《ほん》を読《よ》んだり、環境関連《かんきょうかんれん》の動画《どうが》を視聴《しちょう》したり」

「人《ひと》と会《あ》ったりしないの？」

「……」

急《きゅう》に青芝《あおしば》くんが口《くち》をつぐんだ。

貴実《たかみ》の目《め》がキラリと光《ひか》る。

「休《やす》みの日《ひ》、友達《ともだち》とどこ行《い》くの？」

すると不機嫌《ふきげん》な声《こえ》で青芝《あおしば》くんが言《い》った。

「これは、何《なに》か？　僕《ぼく》は取材《しゅざい》されているのか？」

「ち、違《ちが》うよ。個人的興味《こじんてききょうみ》っていうか」

「僕《ぼく》に興味《きょうみ》が？」

貴実《たかみ》は、にこっと笑《わら》った。

「新聞《しんぶん》コンテストで金賞《きんしょう》とるような人《ひと》は、どんな生活《せいかつ》してるのかなと思《おも》って」

「なんだ、そういうことか。てっきり僕《ぼく》を恋愛対象《れんあいたいしょう》として見《み》ているのかと……」

「は？　え！」

「では、ここで」

あせってあわあわしている貴実《たかみ》を置《お》いて、青芝《あおしば》くんは角《かど》を曲《ま》がって去《さ》っていった。

「……なんかうまくはぐらかされた気《き》がする。悔《くや》しい……絶対《ぜったい》に調《しら》べてやる！」

青芝《あおしば》くんの告白相手《こくはくあいて》というスクープを狙《ねら》う貴実《たかみ》だったが、青芝《あおしば》くんのガードはかたく、いっこうにしっぽを出《だ》さない。

最近《さいきん》は、青芝《あおしば》くんの相手探《あいてさが》しに熱中《ねっちゅう》するあまり、『A中《エーちゅう》ヤバナシ』の新《あたら》しい記事《きじ》のアップもとどこおっている。

【最近《さいきん》ネタ切《ぎ》れ？】【『A中《エーちゅう》ヤバナシ』つまんね】【もうやめれば？】

といった感《かん》じで、コメントも辛口《からくち》のものが増《ふ》えてきた。

「なんで⁉　あんなにみんな記事《きじ》を楽《たの》しんでたじゃない。こんなにすぐ手《て》のひら返《がえ》しする？」

あせった貴実《たかみ》は、ついに禁《きん》じ手《て》を使《つか》ってしまった。

『新聞部部長《しんぶんぶぶちょう》の告白相手《こくはくあいて》⁉　同《おな》じ新聞部《しんぶんぶ》のT《ティー》さんと一緒《いっしょ》に歩《ある》いている姿《すがた》が目撃《もくげき》された』

という捏造記事《ねつぞうきじ》を書《か》いたのだ。Tさん《ティー》というのは自分《じぶん》のこと。古本屋《ふるほんや》さんから一緒《いっしょ》に帰《かえ》ったときのことを記事《きじ》にしたのだった。


まさにその翌日《よくじつ》。

貴実《たかみ》が登校《とうこう》すると、学校中《がっこうじゅう》が青芝《あおしば》くんの恋《こい》バナでもちきりになっていた。

(うふふ、昨日《きのう》の記事《きじ》がバズってる)

と、にんまりする貴実《たかみ》。

ところが、「まさか、青芝《あおしば》くんの相手《あいて》が年上《としうえ》だったなんてね」「そそ、新聞部《しんぶんぶ》の先輩《せんぱい》だって。やるね」「朱音《あかね》って先輩《せんぱい》だって。昨日《きのう》の『A中《エーちゅう》ヤバナシ』誤報《ごほう》だったね」「やっちゃったねｗｗ」という会話《かいわ》が聞《き》こえてきた。

貴実《たかみ》は「う、うそだ……」とつぶやき、頭《あたま》を抱《かか》えた。

まさか、青芝《あおしば》くんの相手《あいて》が朱音先輩《あかねせんぱい》だったとは。それ以上《いじょう》にショックだったのは、自分《じぶん》が投下《とうか》した記事《きじ》が大《おお》うそだとバレたことだった。

急転直下《きゅうてんちょっか》の展開《てんかい》に、貴実《たかみ》は目《め》の前《まえ》が真《ま》っ暗《くら》になり……めまいをおこして倒《たお》れてしまった。

保健室《ほけんしつ》に運《はこ》ばれた貴実《たかみ》は、全校生徒《ぜんこうせいと》から「青芝《あおしば》くんは正義《せいぎ》。貴実《たかみ》はうそつき」と、後《うし》ろ指《ゆび》をさされる悪夢《あくむ》にうなされた。

冷《ひ》や汗《あせ》をかき、うなされる貴実《たかみ》を心配《しんぱい》した保健室《ほけんしつ》の先生《せんせい》が家《いえ》に連絡《れんらく》を入《い》れ、親《おや》が家《いえ》に連《つ》れ帰《かえ》ってくれた。

家《いえ》でベッドに横《よこ》たわった貴実《たかみ》は、悔《くや》しげに天井《てんじょう》をにらみつけた。

「まだだ。まだ完全《かんぜん》に負《ま》けたわけじゃない。青芝《あおしば》くんの秘密《ひみつ》さえスクープできれば、逆転《ぎゃくてん》できる。彼《かれ》だって完璧《かんぺき》な人間《にんげん》ってわけじゃないはず！」

けれど、人《ひと》を呪《のろ》う気持《きも》ちが悪夢《あくむ》を呼《よ》ぶのか、その後《ご》も貴実《たかみ》は次《つぎ》から次《つぎ》へと悪夢《あくむ》をみた。

「もうやめて！」

と叫《さけ》んで目《め》を覚《さ》ました貴実《たかみ》は驚《おどろ》いた。自分《じぶん》が知《し》らない場所《ばしょ》に立《た》っていたからだ。

「何《なに》これ、悪夢《あくむ》の続《つづ》き？」

貴実《たかみ》が言《い》うのも無理《むり》はなかった。

あたりにただよううす紫色《むらさきいろ》の霧《きり》。正面《しょうめん》の黒《くろ》い洋館《ようかん》の屋根《やね》には、十字架《じゅうじか》が五本《ごほん》、でたらめに突《つ》き刺《さ》さっている。なんとも、不気味《ぶきみ》な街角《まちかど》だ。

だけど、貴実《たかみ》はあえてその黒《くろ》い洋館《ようかん》に近《ちか》づいた。好奇心《こうきしん》が怖《こわ》さに勝《まさ》ったのだ。

貴実《たかみ》は扉《とびら》のガラスに額《ひたい》をくっつけるようにして中《なか》をのぞきこんだ。

すると、ガラスの反対側《はんたいがわ》から同《おな》じようにこちらを見《み》ているうす紫色《むらさきいろ》のボタンと目《め》が合《あ》った。

次《つぎ》の瞬間《しゅんかん》、扉《とびら》が急《きゅう》に内側《うちがわ》から開《ひら》いたので、貴実《たかみ》は扉《とびら》でおでこを打《う》った。

「やっぱ、悪夢《あくむ》の続《つづ》きかも」

おでこを押《お》さえながらそう言《い》う貴実《たかみ》に、中《なか》から出《で》てきたクリーム色《いろ》のうさぎのぬいぐるみが、

「ハピ＊やみ洋菓子店《ようがしてん》『ナイトメア』へようこそ！　悪夢《あくむ》に導《みちび》かれて来《き》たヤミね？」

と、ボタンの目《め》を細《ほそ》めて笑《わら》った。

「え!?　『ナイトメア』、うさぎ……前《まえ》に調《しら》べてたネタだ！」

ということは……。

貴実《たかみ》はうさぎのほうにグッとかがみこんでたずねた。

「ここが、あの〈願《ねが》いを叶《かな》えるスイーツ〉が食《た》べられるお店《みせ》？」

「そうヤミ。神《かみ》パティシエのヤミーが、どんな願《ねが》いでも叶《かな》う〈ハピ＊やみスイーツ〉で、キミの悪夢《あくむ》をあま～い夢《ゆめ》に変《か》えちゃうヤミ」

貴実《たかみ》は思《おも》わず胸《むね》の前《まえ》でこぶしを作《つく》った。

「あのネタ、ホントだったんだ！」

「ところで、キミが叶《かな》えたいのは、どんな願《ねが》いヤミ？」

「スクープネタを知《し》りたい！　新聞部《しんぶんぶ》の部長《ぶちょう》、青芝《あおしば》くんの秘密《スキャンダル》を『A中《エーちゅう》ヤバナシ』にあげて見返《みかえ》してやるんだ。彼《かれ》はいつも正《ただ》しくてカッコよくて、賞《しょう》までもらって。しかも、先輩《せんぱい》とつきあってるなんてムカつく」

ヤミーが「ヤミ～？」と首《くび》をかしげた。

「なんか、逆《さか》うらみのようにも聞《き》こえるけど。ま、ヤミーには関係《かんけい》ないことヤミ。ちょっと待《ま》ってるヤミ！」

そう言《い》うと、ヤミーはいそいそと、中央《ちゅうおう》に丸窓《まるまど》のある金属扉《きんぞくとびら》の向《む》こうへ姿《すがた》を消《け》した。

「ふふ、運《うん》が向《む》いてきた」

貴実《たかみ》はニヤリと笑《わら》うと、店《みせ》のあちこちに鋭《するど》い視線《しせん》をとばした。

「それはそれとして、この不思議《ふしぎ》な洋菓子店《ようがしてん》もいいネタになりそう」

ふと、背後《はいご》のガラスのショーケースの中《なか》に、不思議《ふしぎ》なミストが揺《ゆ》らめいている小瓶《こびん》が五本並《ほんなら》んでいるのを見《み》つけた。レモン色《いろ》、金色《きんいろ》、青色《あおいろ》、深緑色《ふかみどりいろ》、赤色《あかいろ》……。

「きれいだけど、なんだか怪《あや》しい」

少《すこ》しの間《あいだ》、待《ま》っていると、ヤミーが「うんしょ、うんしょ」と、両手《りょうて》で巨大《きょだい》な銀《ぎん》のデザートカップを運《はこ》んできて、テーブルの上《うえ》に「やみみーっ！」と持《も》ちあげて置《お》いた。

ガラスのケーキドームの中《なか》では、直径二十《ちょっけいにじっ》センチはありそうな大《おお》きなプリンがふるふると揺《ゆ》れている。つやつやと光《ひか》るカスタード色《いろ》のプリンの上《うえ》にとろ～りカラメルソース。まわりには赤《あか》、黄《き》、緑《みどり》、宝石《ほうせき》みたいにカットされた色《いろ》とりどりのフルーツがのっている。

貴実《たかみ》は、プリンをおおっているケーキドームに顔《かお》をくっつけた。好奇心《こうきしん》は人一倍強《ひといちばいつよ》い。

「食《た》べたい。記者《きしゃ》として食《た》べずにはいられない……だけど、なぜプリンを食《た》べて願《ねが》いが叶《かな》うの？」

ヤミーは、スーッと目《め》を閉《と》じた。

「世《よ》の中《なか》には説明《せつめい》できない不思議《ふしぎ》なことがあるヤミ。それより……」

と言《い》うと、ヤミーはふたたび目《め》を開《ひら》いた。

「キミは、この〈スクープリン〉を食《た》べたくはないヤミ？　世《よ》の中《なか》に並《なら》びうるもののない至高《しこう》の味《あじ》だけど？」

「え、スクープ⁉　食《た》べたい！　食《た》べたい！」

頭《あたま》で考《かんが》えるより先《さき》に、口《くち》がそう叫《さけ》んでいた。

「そう言《い》うと思《おも》ったヤミ。だってこれは、キミのために作《つく》ったキミだけのスイーツなんだから」

そう言《い》うとヤミーは、ケーキドームをはずした。

心《こころ》をはずませるプリンのあま～い香《かお》りと、フルーツのフレッシュな香《かお》り、カラメルのほろ苦《にが》い香《かお》りが、貴実《たかみ》の鼻腔《びこう》をくすぐる。

貴実《たかみ》は、テーブルにつくと、ジッとプリンを凝視《ぎょうし》した。

自分《じぶん》の頭《あたま》より大《おお》きいプリン。こんなプリンを食《た》べるのははじめてだ。

ふと見《み》ると、スプーンがスコップの形《かたち》をしている。

「なるほどね、スコップですくうことを英語《えいご》でスクープっていうもんね」

「ふふん、勘《かん》のいい子《こ》は嫌《きら》いじゃないヤミ。しかし、ちゃんとスクープできるかな？」

ヤミーがニヤリと笑《わら》いながら、両手《りょうて》をぱふんとたたいた。

すると、プリンにそえられていた宝石《ほうせき》みたいなフルーツが、スッとプリンの中《なか》へ入《はい》っていってしまった。

「スクープしろってことね？　全部《ぜんぶ》、掘《ほ》りだして食《た》べてやる！」

そう言《い》うと、貴実《たかみ》はスプーンで大《おお》きなプリンをすくって、口《くち》にパクッと。

頬《ほお》に手《て》をあて、「うっわ、おいしい」と叫《さけ》んだ。

トロンと、とろけるような食感《しょっかん》。濃厚《のうこう》なのに、あと口《くち》さっぱり。ほろ苦《にが》いカラメルソースが、舌《した》を酔《よ》わせる。食《た》べるたびに心《こころ》もトロンととろけてしまいそう。貴実《たかみ》の表現力《ひょうげんりょく》をもってしても、このプリンのおいしさを伝《つた》えることはできそうになかった。

貴実《たかみ》は、巨大《きょだい》プリンをスコップ形《がた》のスプーンでどんどん掘《ほ》りすすめた。

ときどき、イチゴやメロン、マンゴーといった宝石《ほうせき》みたいなフルーツが出《で》てくる仕掛《しか》けも楽《たの》しい。そして、不思議《ふしぎ》なことに、フルーツを口《くち》に入《い》れるたびに頭《あたま》の中《なか》にいろいろなネ

タが浮《う》かんでくる。まるで世界《せかい》というプリンをスプーンでどんどん掘《ほ》りすすめている気分《きぶん》だ。貴実《たかみ》は、スクープの喜《よろこ》びに気分《きぶん》が舞《ま》いあがった。

気《き》づけばプリンがのっていた銀《ぎん》のデザートカップが空《から》になっていた。

「おいしかった……」

そうつぶやいたとたん、まぶたが重《おも》くなって、貴実《たかみ》は、しっかりと右手《みぎて》にスプーンを握《にぎ》りしめたままテーブルの上《うえ》につっぷしてしまった。


翌朝《よくあさ》、家《いえ》のベッドの上《うえ》で目《め》を覚《さ》ました貴実《たかみ》。

「なんだ、夢《ゆめ》だったのか……」

と、肩《かた》を落《お》とした。

だけど頭《あたま》の中《なか》には、特大《とくだい》のスクープがひとつだけ残《のこ》っている。

「え、これって？　これがバレたら青芝《あおしば》くん大《だい》ピンチだ」

ほくそ笑《え》みつつ、貴実《たかみ》は、『A中《エーちゅう》ヤバナシ』にそのネタを書《か》き込《こ》んだ。

貴実《たかみ》は、わくわくしながら登校《とうこう》した。

予想《よそう》どおり、今朝《けさ》、貴実《たかみ》が投下《とうか》した新《あたら》しいスクープで学校《がっこう》は大騒《おおさわ》ぎだった。

「まさか、青芝《あおしば》くんと朱音先輩《あかねせんぱい》がつきあってるふりしてるだけだったなんて」

「ただのビジネスカップルだったんだ！」

「じゃ、やっぱ本命《ほんめい》は『A中《エーちゅう》ヤバナシ』の記事《きじ》のT《ティー》さんってこと？」

「しかも、T《ティー》さんって重《おも》い病気《びょうき》で余命一年《よめいいちねん》らしいよ」

（え、なんか話《はなし》に尾《お》ひれがついちゃってる）と驚《おどろ》く貴実《たかみ》。

風《かぜ》が吹《ふ》いた。

世論《よろん》というのは、気《き》まぐれな風《かぜ》に吹《ふ》かれて思《おも》わぬ方向《ほうこう》に進《すす》むものだ。

その日《ひ》のお昼頃《ひるごろ》にはなぜか、〈病気《びょうき》で余命宣告《よめいせんこく》された元《もと》カノを捨《す》てるために、青芝《あおしば》くんと朱音先輩《あかねせんぱい》がニセのカップルのふりをしているのだ〉という間違《まちが》ったうわさが独《ひと》り歩《ある》きしていた。

当然《とうぜん》、青芝《あおしば》くんと朱音先輩《あかねせんぱい》への風《かぜ》あたりは強《つよ》くなった。

ふたりが廊下《ろうか》で話《はな》していると、わざと聞《き》こえるように、

「よく堂々《どうどう》とできるよね」「病気《びょうき》の女《おんな》の子《こ》を捨《す》てるなんてサイテー」「ひどい男《おとこ》」

ナイフのような言葉《ことば》がとんでくる。

ネットではもっとひどかった。

【青芝《あおしば》・朱音《あかね》ニセカップル】【サイテー、地獄《じごく》に落《お》ちろ】といった書《か》き込《こ》みが続《つづ》いた。

炎上騒《えんじょうさわ》ぎである。

放課後《ほうかご》、貴実《たかみ》は何食《なにく》わぬ顔《かお》で部室《ぶしつ》に顔《かお》を出《だ》した。

部室《ぶしつ》には青芝《あおしば》くんがひとりきり。パソコンの前《まえ》に座《すわ》っている。

貴実《たかみ》を見《み》ると青芝《あおしば》くんは、手招《てまね》きした。

パソコンの画面《がめん》を指《ゆび》さされてのぞきこむと、そこには貴実《たかみ》が今朝《けさ》、投稿《とうこう》したネタ〈青芝《あおしば》くんと朱音先輩《あかねせんぱい》はニセカップルだ〉というスクープが表示《ひょうじ》されている。

貴実《たかみ》は素知《そし》らぬ顔《かお》をしているが、心《こころ》の中《なか》では（青芝《あおしば》くんをスクープして出《だ》し抜《ぬ》いて《いて》やった）とほくそ笑《え》んでいる。

貴実《たかみ》は浮《う》きたつ気持《きも》ちを隠《かく》して、低《ひく》い声《こえ》でたずねた。

「この記事《きじ》見《み》て、どう思《おも》った？」

「やられたな。なんで僕《ぼく》らがニセカップルだってバレたんだろう」

（それは、ヤミーのお菓子《かし》を食《た》べたから……）

でも、口《くち》にはできない秘密《ひみつ》だった。

あのプリンのことを思《おも》い出《だ》すと、心《こころ》がざわざわした。いや、もしかしたらこのざわざわ感《かん》は、（青芝《あおしば》くんに勝《か》った！）という痛快《つうかい》さによるものかもしれない。

しばしの沈黙《ちんもく》。

その沈黙《ちんもく》に耐《た》えかねるかのように、ため息《いき》まじりに青芝《あおしば》くんが言《い》った。

「驚《おどろ》いたし、感心《かんしん》した。この記事《きじ》と取材力《しゅざいりょく》に。君《きみ》だろ、雨野《あめの》？」

そう言《い》って、青芝《あおしば》くんは試《ため》すように貴実《たかみ》の顔《かお》を見《み》た。

ついに、青芝《あおしば》くんにひと泡吹《あわふ》かせることができた。しかも、取材力《しゅざいりょく》をほめられた。

喜《よろこ》びのあまり、貴実《たかみ》は、口走《くちばし》っていた。

「そう。私《わたし》が書《か》いたの！　私《わたし》の勝《か》ち。私《わたし》、もっと、もっと知《し》りたい！　世《よ》の中《なか》の秘密《ひみつ》ぜーんぶ知《し》りたい！　青芝《あおしば》くんのことだって、まるっと知《し》りたい！」

その瞬間《しゅんかん》、世界《せかい》が白黒《しろくろ》に変《か》わり、すべてのものが動《うご》きを止《と》めた。

「それでは、〈スクープリン〉のお代《だい》をいただきますヤミ」

と、機械《きかい》じみた子《こ》どものような声《こえ》があたりに響《ひび》いた。


向《む》かい合《あ》っている貴実《たかみ》と青芝《あおしば》くんは、彫像《ちょうぞう》にでもなってしまったかのようにかたまった。

貴実《たかみ》の身体《からだ》からは、紫色《むらさきいろ》のミストがわきでている。

これは貴実《たかみ》の〈青芝《あおしば》くんの秘密《ひみつ》をスクープできた〉というハッピーな気持《きも》ち。

その紫色《むらさきいろ》のミストをホイッパーで集《あつ》めるヤミー。

ごきげんにピョンと高《たか》く跳《は》ねると、動《うご》かない貴実《たかみ》に向《む》かって、

「願《ねが》いが叶《かな》ってよかったヤミ～」

と、ひと声《こえ》かけ、ピョンピョンと去《さ》っていった。

ヤミーが去《さ》っていくと、世界《せかい》に色《いろ》が戻《もど》り、あらゆるものがふたたび動《うご》きだした。

貴実《たかみ》は、自分《じぶん》の中《なか》から何《なに》かが欠《か》けてしまったことに気《き》づいた。

でも、それがなんなのかはわからない。

とまどっていると、青芝《あおしば》くんが顔《かお》をゆがめた。憎々《にくにく》しげな口調《くちょう》で吐《は》き捨《す》てる。

「僕《ぼく》のこと、知《し》りたいだって？　いい加減《かげん》にしてくれ。こっちは迷惑《めいわく》してたんだ。先輩《せんぱい》に頼《たの》んでニセカップルを演《えん》じてもらったのは、あの『A中《エーちゅう》ヤバナシ』とかいうムカつく情報《じょうほう》を発信《はっしん》しているヤツをあぶりだすため。ま、おそらく君《きみ》だろうと予想《よそう》はついていたけど」

青芝《あおしば》くんは貴実《たかみ》に背《せ》を向《む》け、パソコン画面《がめん》の印刷《いんさつ》ボタンを押《お》した。

プリンターから一枚《いちまい》の紙《かみ》がはきだされた。

「君《きみ》を告発《こくはつ》する！」

青芝《あおしば》くんが貴実《たかみ》につきつけたA《エー》４の紙《かみ》。

そこには、貴実《たかみ》のこれまでの記者《きしゃ》としての逸脱《いつだつ》した行為《こうい》が細《こま》かく記《しる》されていた。

ナイショでつきあっていたカップルのことを暴露《ばくろ》したり、告白現場《こくはくげんば》にのりこんでむりやりふたりをくっつけたり、秘密《ひみつ》をつかんだ相手《あいて》に次《つぎ》のネタをよこせと脅《おど》したり。そして、青芝《あおしば》くんに対《たい》するストーカー行為《こうい》の数々《かずかず》。

「もう、いい。私《わたし》、もう別《べつ》に……いろんなこと知《し》りたくなくなった」

そう言《い》ったときに気《き》づいた。自分《じぶん》の中《なか》から〈スクープしたい〉という欲求《よっきゅう》が、きれいさっぱり消《き》え失《う》せていることに。

だが、青芝《あおしば》くんは違《ちが》う意味《いみ》にとらえたようだ。

「いまさら心《こころ》を入《い》れかえたふりをしても遅《おそ》いよ。知《し》りたいという欲求自体《よっきゅうじたい》は悪《わる》いことではない。でも、それで傷《きず》つく人《ひと》や迷惑《めいわく》をこうむる人《ひと》がいるなら、その欲求《よっきゅう》は悪《あく》だ」

いつの間《ま》にか青芝《あおしば》くんは、たくさんのA《エー》4用紙《ようし》の束《たば》を手《て》にしていた。

「ちょっと待《ま》って。まさかその紙《かみ》って？」

「『雨野貴実《あめのたかみ》の悪行告発新聞《あくぎょうこくはつしんぶん》』。ネタにされた人間《にんげん》の苦《くる》しみを思《おも》い知《し》れ」

そう言《い》うと青芝《あおしば》くんは、窓《まど》に近《ちか》づき、ガラリとあけて、手《て》にした紙《かみ》の束《たば》を窓《まど》からばらまいた。

何枚《なんまい》もの〈貴実《たかみ》の悪行《あくぎょう》〉を記《しる》した紙《かみ》が、下校中《げこうちゅう》の生徒《せいと》たちの頭上《ずじょう》に降《ふ》りそそぐ。

「何《なに》これ？」「え、これマジ？」「うわ、怖《こわ》っ」「あの女《おんな》、ストーカーじゃん」

校庭《こうてい》から聞《き》こえてくる炎上《えんじょう》を予感《よかん》させる声《こえ》に、立《た》ちつくす貴実《たかみ》。

「この先《さき》どうなるか、知《し》りたくない……知《し》りたくない」

紫色《むらさきいろ》の小《ちい》さな夜話《ナイト・テール》

その夜《よる》、『ナイトメア』の屋根《やね》の上《うえ》の十字架《じゅうじか》には、コウモリたちがたくさんぶらさがっていた。まるでうわさ話《ばなし》でもしているかのように「ニシシシッ」と笑《わら》うコウモリたち。その羽《はね》は月《つき》の光《ひかり》を浴《あ》びて紫色《むらさきいろ》っぽく光《ひか》っている。

温室《おんしつ》の中《なか》ではヤミーが紫色《むらさきいろ》の小瓶《こびん》を手《て》にしている。

「人間《にんげん》は知《し》りたがりヤミ。その中《なか》でも貴実《たかみ》ちゃんは、ひときわ知《し》りたい欲《よく》が強《つよ》い子《こ》だったヤミ……ところで、スイちゃんにも、きっと知《し》りたいことがあるヤミね？」

と、スイの顔《かお》を見《み》つめるが、スイは何《なに》も答《こた》えない。

ヤミーは静《しず》かに温室《おんしつ》を出《で》て、店《みせ》にやってきた。

紫色《むらさきいろ》の〈ハピ＊やみエッセンス〉が入《はい》った小瓶《こびん》をガラスのショーケースの中《なか》に置《お》いた。

ガラスのショーケースの中《なか》に、六本《ろっぽん》の小瓶《こびん》が並《なら》んでいる。

「スイちゃんは、家族《かぞく》のことを知《し》りたいはずヤミ。だけど……まだ言《い》えないヤミ。〈ハピ＊やみフラワーケーキ〉さえ完成《かんせい》したら……、スイちゃんにあのことを話《はな》すヤミ」

ヤミーはショーケースの中《なか》を見《み》つめ、自分《じぶん》に言《い》いきかせるようにつぶやいた。

『ナイトメア』の屋根《やね》の上《うえ》では、コウモリたちが新《あたら》しいうわさ話《ばなし》を求《もと》めて、いっせいに夜空《よぞら》に飛《と》び立《た》った。


さて、その後《ご》の貴実《たかみ》には大《おお》きな変化《へんか》があった。

知《し》りたい欲《よく》が消《き》え、学校《がっこう》でも家《いえ》でも気《き》が抜《ぬ》けたように、ただただボーッと過《す》ごしている。

そのことをヤミーは知《し》らないが、もし知《し》ったとしても、

「貴実《たかみ》ちゃんは、青芝《あおしば》くんの秘密《ひみつ》をスクープして満足《まんぞく》したヤミ。ヤミーは、また願《ねが》いを叶《かな》えてあげちゃったヤミ」とドヤ顔《がお》をしてみせるかもしれない。

いい変化《へんか》もあった。『A中《エーちゅう》ヤバナシ』というサイトが閉鎖《へいさ》されたことで、A中学《エーちゅうがく》の生徒《せいと》たちは恋愛《れんあい》してもネタにされることがなくなり、伸《の》び伸《の》び過《す》ごせるようになったのだ。

七《なな》皿《さら》め　イキノコリーフパイ

「さぁ、最終《さいしゅう》ステージへのチャンスをつかむのは誰《だれ》だ!?　生《い》き残《のこ》りをかけた激烈《げきれつ》サバイバル☆アイドルオーディション!」

大勢《おおぜい》の観客《かんきゃく》が見守《みまも》る会場《かいじょう》に、ガンガンに響《ひび》くMC《エムシー》の大声《おおごえ》。

舞台上《ぶたいじょう》には、二十五人《にじゅうごにん》のアイドルになりたい女《おんな》の子《こ》たち。

ピンク色《いろ》の制服《せいふく》をそれぞれの個性《こせい》に合《あ》わせてアレンジした衣装《いしょう》。髪《かみ》もかわいくセットして、メイクもバッチリ。

舞台《ぶたい》の右半分《みぎはんぶん》にいる十五人《じゅうごにん》の女《おんな》の子《こ》たちは、晴《は》れ晴《ば》れとした表情《ひょうじょう》で生き残り席《サバイバーシート》に座《すわ》っている。すでに最終《さいしゅう》ステージに進《すす》むことが決《き》まった子《こ》たちだ。

左半分《ひだりはんぶん》に立《た》っている残《のこ》りの十人《じゅうにん》の子《こ》たちの表情《ひょうじょう》は、緊張《きんちょう》でこわばっている。

なぜなら残《のこ》る席《せき》はたったひとつ。

「第三選抜《だいさんせんばつ》！　最後《さいご》のひとり……」

ステージの端《はし》に立《た》つ天瀬桃愛《あませももあ》はギュッと目《め》をつぶり、胸《むね》の前《まえ》でかたく手《て》を組《く》んで祈《いの》った。

（神様《かみさま》、お願《ねが》い。どうか生《い》き残《のこ》らせて！）

髪《かみ》につけたハート形《がた》のアクセサリーも細《こま》かく震《ふる》えている。

MC《エムシー》の大声《おおごえ》が聞《き》こえた。

「ラストサバイバーは……桃愛《ももあ》！」

客席《きゃくせき》から「ワーッ」と歓声《かんせい》があがる。

ネット配信《はいしん》のコメント欄《らん》も、【桃愛《ももあ》生《い》き残《のこ》った】【おめでと桃愛《ももあ》】【またもラストサバイバー】と、盛《も》りあがった。

「い、生《い》き残《のこ》れた……」

へなへなとその場《ば》に座《すわ》りこみそうになるのを、桃愛《ももあ》はかろうじてこらえた。

生き残り席《サバイバーシート》にいた子《こ》も、名前《なまえ》を呼《よ》ばれなかった子《こ》も、桃愛《ももあ》をとり囲《かこ》んで「よかったね」「おめでと」「次《つぎ》もがんばって」と口々《くちぐち》に声《こえ》をかけてくれる。

一《いっ》か月間《げつかん》ずっと一緒《いっしょ》に合宿所《がっしゅくじょ》で過《す》ごしてきた仲間《なかま》の温《あたた》かさに、じわっと涙目《なみだめ》になる桃愛《ももあ》。

だけど、（泣《な》くのは、デビューが決《き》まったとき）と、手《て》をグーにして涙《なみだ》をこらえた。

桃愛《ももあ》が参加《さんか》しているこのオーディションは、七人組《しちにんぐみ》のアイドルグループ『サバイバルSEVEN《セブン》』を結成《けっせい》するためのもの。

〈次世代《じせだい》を生《い》き残《のこ》るアイドル〉というコンセプトに合《あ》わせて、ダンスや歌《うた》に加《くわ》えて、『無《む》人島《じんとう》でのサバイバル系《けい》バトル』や、『お祝《いわ》いケーキのロウソクがじつは花火《はなび》だったサプライズ』などの動画《どうが》がネットでアップされていて、いま、大注目《だいちゅうもく》のコンテンツなのだ。

最初《さいしょ》は百人《ひゃくにん》いた参加者《さんかしゃ》も、第一選抜《だいいちせんばつ》で五十人《ごじゅうにん》、第二選抜《だいにせんばつ》で二十五人《にじゅうごにん》が落《お》とされ、今回《こんかい》、第三選抜《だいさんせんばつ》で九人《きゅうにん》が脱落《だつらく》した。

残《のこ》りは十六人《じゅうろくにん》。この中《なか》から一週間後《いっしゅうかんご》の最終選抜《さいしゅうせんばつ》ステージのファン投票《とうひょう》で選《えら》ばれた七人《しちにん》だけが『サバイバルSEVEN《セブン》』としてデビューできる。

桃愛《ももあ》がアイドルになりたいと思《おも》ったきっかけは、四歳《よんさい》のときに駄菓子屋《だがしや》さんで見《み》つけたおもちゃのマイクだった。テレビで歌《うた》っているアイドルをまねして、おもちゃのマイクを手《て》に歌《うた》って踊《おど》ると、両親《りょうしん》が手《て》をたたいて喜《よろこ》んでくれた。それが、すごくうれしかった。何《なに》より歌《うた》って踊《おど》ることが楽《たの》しくて、自分《じぶん》がキラキラしているように思《おも》えた。

以来《いらい》ずっと、中二《ちゅうに》になったいまもアイドルになりたいという夢《ゆめ》を追《お》い続《つづ》けている。

だけどあんなに桃愛《ももあ》の歌《うた》を喜《よろこ》んでいた両親《りょうしん》は、いつの間《ま》にか、アイドルになることに反《はん》対《たい》するようになってしまった。今回《こんかい》のオーディションで合格《ごうかく》できなければ、「きっぱりあきらめて、高校受験《こうこうじゅけん》に専念《せんねん》するように」と言《い》い渡《わた》されている。

だから桃愛《ももあ》にとっては、これがラストチャンス。なんとしても『サバイバルSEVEN《セブン》』に残《のこ》らなければならないのだ。

小顔《こがお》にクリッと大《おお》きな目《め》の親《した》しみやすいアイドル顔《がお》。長《なが》めの髪《かみ》の毛先《けさき》だけふんわりカール。歌《うた》はうまいし、ダンスも幼稚園《ようちえん》のときからずっと習《なら》っている。

だけど、性格《せいかく》はちょっとふわふわしていて天然《てんねん》なところがある。

最初《さいしょ》のステージでは、ダンスに夢中《むちゅう》になりすぎて、ステージから転落《てんらく》！　それが逆《ぎゃく》に注《ちゅう》目《もく》されるきっかけとなった。

無人島《むじんとう》では、木《き》のつるのつもりで大《おお》きなヘビをつかんで目《め》をまわしたり、野生《やせい》のサルに仲間《なかま》だと勘違《かんちが》いされ、さらわれそうになったりしたこともあった。

『闇《やみ》ナベパーティ企画《きかく》～闇《やみ》ナベ食材《しょくざい》をしりとりでゲット～』という動画《どうが》では、「お肉《にく》↓クッパ↓パセリ」で桃愛《ももあ》に順番《じゅんばん》がまわってきたとき、「えーっ、『り』のつく食《た》べ物《もの》……り、り、り……力士《りきし》！」と言《い》ってしまい、ネットで、【力士《りきし》食《た》べるｗｗ】【肉食《にくしょく》がすぎる】【力士《りきし》のみなさんいますぐ逃《に》げて！】とバズった。

そんな天然《てんねん》かわいいところにひかれたファンが桃愛《ももあ》のことを後押《あとお》ししてくれている。ただ、ライバルたちは歌《うた》やダンスがプロ並《な》みに上手《じょうず》だし、ビジュアルがよすぎる子《こ》ばかり。

桃愛《ももあ》は、選抜《せんばつ》のたびに最後《さいご》の最後《さいご》に名前《なまえ》を呼《よ》ばれるところから、〈崖《がけ》っぷちの天使《てんし》〉という異名《いみょう》までつけられてしまった。

今回《こんかい》も崖《がけ》っぷちで生《い》き残《のこ》った桃愛《ももあ》は、ホッとする間《ま》もなく、ラストパフォーマンスの練習《れんしゅう》にとりくんだ。

一週間後《いっしゅうかんご》の最終選抜《さいしゅうせんばつ》ステージでは、残《のこ》った十六人《じゅうろくにん》がA《エー》チームとB《ビー》チームの二組《ふたくみ》に分《わ》かれて、それぞれがパフォーマンスを披露《ひろう》する。その後《ご》、ネットを通《つう》じて全国《ぜんこく》のファンたちによる最後《さいご》の投票《とうひょう》が行《おこな》われるのだ。

桃愛《ももあ》は、B《ビー》チームに入《はい》った。

それまでの審査《しんさ》のランキングが高《たか》いメンバーから、センターなどの目立《めだ》つポジションに立《た》ち、最下位《さいかい》の桃愛《ももあ》は、端《はし》っこからのスタート。カメラに抜《ぬ》かれることも少《すく》なく、スポットライトもあたりづらい。

(だからこそ、とにかく最後《さいご》のステージで目立《めだ》たないと！)

必死《ひっし》になりすぎると、あせりが生《う》まれてくる。

それでなくても、最終選考《さいしゅうせんこう》に残《のこ》ったほかの子《こ》はみんな、歌《うた》もダンスもすごく上手《じょうず》。桃愛《ももあ》はついていくだけで精一杯《せいいっぱい》だった。

合宿生活《がっしゅくせいかつ》を送《おく》りながらの一週間《いっしゅうかん》はまたたく間《ま》に過《す》ぎ去《さ》った。

いよいよ明日《あした》が本番《ほんばん》のパフォーマンス&《アンド》運命《うんめい》の最終選考《さいしゅうせんこう》だ。

それなのに、最終日《さいしゅうび》のレッスンも桃愛《ももあ》は冴《さ》えなかった。

「桃愛《ももあ》、遅《おそ》い」「桃愛《ももあ》、リズムにのれてない」「ダメ、この振《ふ》り付《つ》けの意味《いみ》わかってる？」

ダンストレーナーから厳《きび》しい指摘《してき》がとぶ。

叱《しか》られ続《つづ》けているうちに、だんだん気持《きも》ちも落《お》ち込《こ》んでくる。そうすると、さらに動《うご》きがかたくなる。ついには、ポジション移動《いどう》のステップで足《あし》をからませて転《ころ》んでしまった。

トレーナーが大《おお》きく手《て》を振《ふ》って叫《さけ》ぶ。

「音楽《おんがく》ストップ！　桃愛《ももあ》、やる気《き》がないならやめなさい！」

「すみません！」

と、頭《あたま》をさげる桃愛《ももあ》の耳《みみ》に、ランキング上位《じょうい》の子《こ》のつぶやきが鋭《するど》くささる。

「足《あし》ひっぱらないでくれる？」

メンバーにも見放《みはな》されてしまったと思《おも》うと、ますます気分《きぶん》が落《お》ち込《こ》んだ。

その日《ひ》の夜《よる》、みんなが寝《ね》てしまったあとも桃愛《ももあ》は、レッスン室《しつ》にこもって、ひとりで練《れん》習《しゅう》を続《つづ》けた。

時計《とけい》の針《はり》が深夜《しんや》0時《じ》に近《ちか》づく。汗《あせ》がだらだらと流《なが》れ、手《て》も足《あし》も感覚《かんかく》がにぶってくる。それでも、踊《おど》ることをやめられなかった。

踊《おど》るのをやめたら、かろうじてしがみついている崖《がけ》から落《お》ちてしまう、そんな気《き》がしてならなかった。

「生《い》き残《のこ》りたい、生《い》き残《のこ》ってデビューしたい！」

全面《ぜんめん》が鏡《かがみ》になっている壁《かべ》に向《む》かって、全身汗《ぜんしんあせ》まみれになりながら踊《おど》り続《つづ》けていると、意《い》識《しき》がもうろうとしてきた。

「もうダメだ」と、床《ゆか》に倒《たお》れこんだ桃愛《ももあ》。一瞬《いっしゅん》、意識《いしき》がとんだ。

足《あし》もとが崩《くず》れ、崖《がけ》から真《ま》っ逆《さか》さまに落《お》ちる夢《ゆめ》をみて、ハッと意識《いしき》をとり戻《もど》し、よろよろと立《た》ちあがったとき、視界《しかい》の端《はし》に白《しろ》い影《かげ》が映《うつ》った。

「えっ⁉」

ハッとして窓《まど》を振《ふ》り返《かえ》った。

窓《まど》の外《そと》は真《ま》っ暗《くら》で、誰《だれ》の姿《すがた》もない。

「気《き》のせいか……」と、視線《しせん》を鏡《かがみ》のほうに戻《もど》して「キャッ！」と悲鳴《ひめい》をあげた。

そこにクリーム色《いろ》のもふもふのうさぎのぬいぐるみが、ちょこんと座《すわ》っていた。

濃《こ》い紫色《むらさきいろ》のマント姿《すがた》で、小《ちい》さなシルクハットを耳《みみ》の間《あいだ》にのせている。右手《みぎて》にはホイッパー、左手《ひだりて》には古《ふる》びたトランクをぶらさげている。

それだけでも驚《おどろ》きだったのに、そのうさぎは、「ヤミヤミ」とつぶやき、立《た》ちあがると、ボタンの目《め》を細《ほそ》くして笑《わら》いながら、桃愛《ももあ》のほうに近《ちか》づいてきた。

「ゆ、夢《ゆめ》⁉　いや、お、おばけ⁉　こ、来《こ》ないで！」

「こんなにかわいいヤミーをおばけ呼《よ》ばわりするなんて、失礼《しつれい》ヤミ！」

ハピ＊やみ洋菓子店《ようがしてん》のヤミーと名乗《なの》ったぬいぐるみは、プーッと頬《ほお》をふくらませた。

「ヤミーは、ここに」

と言《い》って、小《ちい》さなシルクハットののった自分《じぶん》の頭《あたま》を指《ゆび》さした。

「最高級《さいこうきゅう》ＡＩ《エーアイ》が入《はい》っている、かしこくてかわいいうさぎなのヤミ」

「なるほど、だから動《うご》いたりしゃべったりできるんだ」

感心《かんしん》したように言《い》う桃愛《ももあ》を、ヤミーはキランと目《め》を光《ひか》らせて見《み》つめた。

「キミ、さっき『生《い》き残《のこ》りたい』って言《い》ってたヤミね」

桃愛《ももあ》はコクリとうなずき、アイドルとしてデビューするために、明日行《あしたおこな》われる最終選抜《さいしゅうせんばつ》ステージですごいパフォーマンスをして、ファンにアピールしなければいけないのだと説《せつ》明《めい》した。

「どうしても最終選考《さいしゅうせんこう》で生《い》き残《のこ》って、アイドルデビューしたいの！」

と、桃愛《ももあ》が力《ちから》をこめて言《い》うと、ヤミーは、ふんふんと二度《にど》ほどうなずいた。

「ヤミーがキミの願《ねが》いを叶《かな》えてあげるヤミ」

「気持《きも》ちはうれしいけど……ヤミーが一票入《いっぴょうい》れてくれても順位《じゅんい》は変《か》わらないかな」

するとヤミーは口《くち》に手《て》をあて、やみやみと笑《わら》った。

「ヤミーが一票入《いっぴょうい》れるなら、スイちゃん一択《いったく》ヤミ。だけど、この〈イキノコリーフパイ〉を食《た》べればキミは生《い》き残《のこ》ってデビューできるヤミ」

ヤミーは古《ふる》びた大《おお》きなトランクからガラスのケーキドームにおおわれた一枚《いちまい》のお皿《さら》を出《だ》した。トランクを横《よこ》にして白《しろ》いナプキンを広《ひろ》げると、その上《うえ》にお皿《さら》を置《お》いた。

「さぁ、悪夢《あくむ》をあま～い夢《ゆめ》に変《か》えちゃうヤミ」

ヤミーがケーキドームを取《と》りさると、あたりに芳醇《ほうじゅん》なバターの香《かお》りが広《ひろ》がった。

お皿《さら》の上《うえ》には、ふっくら焼《や》きあがった黄金色《こがねいろ》のリーフパイ。

天使《てんし》の羽《はね》の形《かたち》をしたパイは二段重《にだんがさ》ねになっている。上《うえ》にはハートの形《かたち》にカットされたイチゴが並《なら》んでいて、ピンクのイチゴソースもかかっている。

「パイとパイの間《あいだ》には、桃《もも》のコンフィチュールがたっぷりはさんであるヤミ」

桃愛《ももあ》は、パイに吸《す》い寄《よ》せられるように、すとんとお皿《さら》の前《まえ》に座《すわ》った。

（おいしそう!!）

ふと手《て》を伸《の》ばしかけて、桃愛《ももあ》はぶんぶんと首《くび》を振《ふ》った。

こんな夜中《よなか》に突然《とつぜん》、レッスン室《しつ》に忍《しの》びこんできたうさぎのぬいぐるみ、しかもお菓子《かし》を食《た》べろだなんて、怪《あや》しすぎる。怪《あや》しさてんこ盛《も》りだと思《おも》ったとき、ふと気《き》づいた。

（これは、きっとスタッフのドッキリに違《ちが》いない）

――おそらくどこかに隠《かく》しカメラがあって、映像《えいぞう》を撮《と》られているのだろう。

前《まえ》にも番組内《ばんぐみない》で、桃愛《ももあ》が誕生日《たんじょうび》ケーキのロウソクに火《ひ》をつけたところ、じつはそれは花火《はなび》で、パチパチ弾《はじ》け飛《と》ぶ火花《ひばな》にびっくり！　というドッキリを仕掛《しか》けられたことがある。

桃愛《ももあ》は、レッスン室《しつ》のあちこちに視線《しせん》を巡《めぐ》らせた。

カメラらしいものは見《み》つけられなかったが、最近《さいきん》のカメラは小型化《こがたか》が進《すす》んでいるから、どこかにあっても不思議《ふしぎ》ではない。

もしかしたら、このＡＩ《エーアイ》が入《はい》っていると名乗《なの》っているうさぎだって、遠隔操作《えんかくそうさ》されているのかもしれない。それなら怪《あや》しさ満載《まんさい》なのもつじつまが合《あ》う――。

そこまで考《かんが》えたとき、ハッと目《め》を見開《みひら》いた。

（待《ま》って！　動画《どうが》が公開《こうかい》されたら、目立《めだ》つチャンス！　印象《いんしょう》よくしなきゃ!!）

あわててダンスで乱《みだ》れた髪《かみ》をササッとなでつけ、目《め》をぱっちり開《ひら》き、口《くち》もとに笑《え》みを浮《う》かべ、アイドルモードをスイッチオン。

だけど、動画《どうが》を撮《と》られているかもと意識《いしき》したとたん、動《うご》きがぎこちなく不自然《ふしぜん》になってしまうところが、いかにも桃愛《ももあ》っぽい。

「う、うわあ、おいしそーだなあ」

急《きゅう》にしゃべり方《かた》が棒読《ぼうよ》みセリフ調《ちょう》になった桃愛《ももあ》を、ヤミーが半開《はんびら》きのジト目《め》で見《み》た。

「なんか、急《きゅう》に挙動《きょどう》が怪《あや》しくなったヤミ」

「こ、こ、こんなかわいいファンからの差《さ》し入《い》れなんて、食《た》べないわけにいかないよね。いただきます」

桃愛《ももあ》は、ナイフとフォークを手《て》にとった。けど、うっかり左右《さゆう》、逆《ぎゃく》の手《て》に持《も》っていることに気《き》づいていない。

そのとき、ヤミーがふと首《くび》をかしげると、いまにも桃愛《ももあ》が食《た》べようとしていたパイののったお皿《さら》をとりあげた。

「ヤミーのAI分析《エーアイぶんせき》によると、表情《ひょうじょう》・声《こえ》・しぐさ……キミの人格《じんかく》が変《か》わったみたいに見《み》えるヤミ。念《ねん》のため、もう一度《いちど》、願《ねが》いを言《い》うヤミ！」

コクリとうなずく桃愛《ももあ》。

ヤミーのAI分析《エーアイぶんせき》どおり、いまの桃愛《ももあ》は、アイドルモードに切《き》り替《か》わっていた。

インタビューで、「あなたの願《ねが》いは？」と聞《き》かれると、いつも答《こた》えているセリフが出《で》てきた。

「世界平和《せかいへいわ》です♡」

と言《い》いながら、両手《りょうて》で〈♡〉の形《かたち》を作《つく》ってかわいく笑《わら》う桃愛《ももあ》。

「ヤミッ⁉」

驚《おどろ》いたのは、ヤミーのほう。

「『生《い》き残《のこ》りたい』という願《ねが》いは、どこに行《い》ったヤミ？」

桃愛《ももあ》は、目《め》をクリッと見開《みひら》き、アイドルスマイルを浮《う》かべつつ答《こた》える。

「このオーディションで生《い》き残《のこ》れるかどうかは、ファンのみなさんが決《き》めてくれることだから、私《わたし》はみんなを信《しん》じて待《ま》つだけです！」

ヤミーは、ボタンの目《め》を逆三角《ぎゃくさんかく》につりあげると、そそくさとリーフパイをトランクにしまってしまった。

桃愛《ももあ》が目《め》を丸《まる》くする。

「え、食《た》べさせてくれないの？」

「キミの願《ねが》いが『生《い》き残《のこ》りたい』だったから、〈イキノコリーフパイ〉を持《も》ってきてあげたのに、どたんばで願《ねが》いを変《か》えるなんて。こんなのおきてやぶりヤミ、コンプライアンス違反《いはん》ヤミ、モラル逸脱《いつだつ》ヤミ～!!」

手足《てあし》をジタバタさせて怒《おこ》っているヤミーをしりめに、桃愛《ももあ》のほうは、ふわぁとひとつあくびをした。真夜中《まよなか》のレッスンのあとで、猛烈《もうれつ》に眠《ねむ》くなってきてしまったのだ。

ヤミーの怒《いか》りの言葉《ことば》も、桃愛《ももあ》の脳内《のうない》では食《た》べかけのパイみたいにハラハラ崩《くず》れて意味《いみ》をなさなくなっている。

「うさぎさん、熱《あつ》い応援《おうえん》……ありがとう。桃愛《ももあ》は、幸《しあわ》せな夢《ゆめ》がみられそうです」

そう言《い》うと、床《ゆか》の上《うえ》にくの字《じ》に横《よこ》たわって寝入《ねい》ってしまった。

最終選抜《さいしゅうせんばつ》ステージ当日《とうじつ》。

桃愛《ももあ》は、別人《べつじん》みたいにキラキラのパフォーマンスをしてみせた。

いつもと違《ちが》ったキリッとした表情《ひょうじょう》、キレキレのダンス、伸《の》びやかな歌声《うたごえ》。会場《かいじょう》にいるファンも、ライブ動画《どうが》を視聴《しちょう》していたファンも桃愛《ももあ》から目《め》が離《はな》せなくなった。

一番《いちばん》の見《み》どころ、全員《ぜんいん》で高《たか》くジャンプするシーンでは、桃愛《ももあ》は背中《せなか》に羽《はね》でも生《は》えているかのように軽《かろ》やかに、誰《だれ》よりも高《たか》く跳《と》んだ。

ジャンプした瞬間《しゅんかん》、桃愛《ももあ》には、空《そら》から幼《おさな》い天使《てんし》が手《て》を伸《の》ばし、自分《じぶん》を引《ひ》きあげてくれたように感《かん》じられた。不思議《ふしぎ》な感覚《かんかく》だった。

パフォーマンスも終《お》わり、いよいよ結果発表《けっかはっぴょう》の時間《じかん》になった。

桃愛《ももあ》は、さっきのパフォーマンスに心《こころ》から満足《まんぞく》していた。

(歌《うた》って踊《おど》るのって、ホント楽《たの》しい！　最高《さいこう》！)

ほかのメンバーが緊張《きんちょう》して顔《かお》をガチガチにこわばらせている中《なか》、桃愛《ももあ》はハッピーな笑顔《えがお》を浮《う》かべていた。その笑顔《えがお》に胸《むね》をつらぬかれた人《ひと》が続出《ぞくしゅつ》した。

じつはそのとき桃愛《ももあ》は、昨日《きのう》のパイのことを思《おも》い出《だ》していたのだった。

（昨日《きのう》のパイ、ホントおいしそうだったな～、食《た》べたかったな～）

思《おも》い出《だ》すたびに、頬《ほお》がゆるむ。

だから、「ひとりめの合格者《ごうかくしゃ》は……崖《がけ》っぷちの天使《てんし》、桃愛《ももあ》！」と、MC《エムシー》が、音割《おとわ》れするくらいの大声《おおごえ》で絶叫《ぜっきょう》したのに、桃愛《ももあ》ときたら、まったく聞《き》いていなかったのだ。

メンバーたちに「おめでとう！」「よかったね！」と抱《だ》きつかれて、桃愛《ももあ》は我《われ》に返《かえ》った。

「え、何《なに》が？」

このときの天然《てんねん》っぷりも、ネットで話題《わだい》となり、桃愛《ももあ》の人気《にんき》に火《ひ》をつけることとなったのだった。


それから数日後《すうじつご》。

アイドルとしてデビューをするために、日々《ひび》レッスンにはげんでいる桃愛《ももあ》。

また真夜中《まよなか》にひとりでダンスの練習《れんしゅう》をしていると、視界《しかい》の端《はし》に白《しろ》いもふもふのうさぎが映《うつ》った。

「あ、あのときのリーフパイのうさぎさん！」

ヤミーは、今日《きょう》もホイッパーとトランクを持《も》っていた。

「生《い》き残《のこ》ったみたいヤミね」

桃愛《ももあ》はピースサインをしてみせたあと、不思議《ふしぎ》そうに首《くび》をかしげた。

「でも、あのパイ、すごいね。食《た》べてないのに願《ねが》いが叶《かな》っちゃうなんて！」

ヤミーは、ゆっくりと頭《あたま》を左右《さゆう》に振《ふ》った。

「違《ちが》うヤミ。キミの願《ねが》いじゃないのヤミ」

と言《い》うと、ヤミーは顔《かお》をしかめ、小声《こごえ》で続《つづ》けた。

「それに、世界平和《せかいへいわ》なんて、ひとりだけが願《ねが》っても無理《むり》なんだヤミ」

「え、でも、デビューできることになったよ？」

「キミの願《ねが》いじゃないのヤミ。この手紙《てがみ》の子《こ》の願《ねが》いなのヤミ。キミに届《とど》けてほしいって」

ヤミーはトランクをあけ、中《なか》から封筒《ふうとう》をとりだし、桃愛《ももあ》に手渡《てわた》した。

天使《てんし》の羽《はね》のイラストが印刷《いんさつ》されている桃色《ももいろ》の封筒《ふうとう》だった。

たどたどしい字《じ》で、子《こ》どもが書《か》いたもののようだけれど、差出人《さしだしにん》の『天音《あまね》』という名前《なまえ》に覚《おぼ》えはなかった。

「もしかして、ファンレター⁉　だったらうれしい‼」

いそいそと手紙《てがみ》をとりだして読《よ》みはじめた桃愛《ももあ》。

震《ふる》える手《て》で書《か》かれたのだろうか。手紙《てがみ》の文字《もじ》は、かなり乱《みだ》れている。


【入院中《にゅういんちゅう》、桃愛《ももあ》ちゃんのこと、ずっとネットで見《み》て応援《おうえん》してました。

どれだけ崖《がけ》っぷちでもあきらめない桃愛《ももあ》ちゃんのがんばりに勇気《ゆうき》をもらってたよ。

私《わたし》も、桃愛《ももあ》ちゃんみたいに生《い》き残《のこ》って中学生《ちゅうがくせい》になりたいって思《おも》ってたけど、もう無理《むり》みたいです。

あちこち、痛《いた》いし、苦《くる》しい。

だから、私《わたし》の『生《い》き残《のこ》りたい』という願《ねが》いを桃愛《ももあ》ちゃんにたくすね。

天国《てんごく》でも応援《おうえん》してるね。天音《あまね》】

読《よ》み終《お》えた桃愛《ももあ》の顔色《かおいろ》が変《か》わった。

「どういうこと？　天国《てんごく》って……」

「この手紙《てがみ》をヤミーに渡《わた》したあと、この子《こ》は天国《てんごく》に行《い》ってしまったヤミ」

「そんな！」

桃愛《ももあ》の目《め》に涙《なみだ》が浮《う》かぶ。桃愛《ももあ》は、信《しん》じたくないというふうに頭《あたま》を振《ふ》った。

ヤミーが静《しず》かに語《かた》る。

「この間《あいだ》、キミのところから帰《かえ》る途中《とちゅう》に、たまたま通《とお》りかかった病院《びょういん》で『生《い》き残《のこ》りたい』という願《ねが》いが聞《き》こえたから、キミからとりあげた〈イキノコリーフパイ〉を渡《わた》したヤミ。だけど、悩《なや》んだあげくこの子《こ》が願《ねが》ったのは、自分《じぶん》が生《い》き残《のこ》ることじゃなくて、キミがオーディションで生《い》き残《のこ》ることだったヤミ」

「そんな！　どうして？」

「この子《こ》が生《い》き残《のこ》ったとしても、痛《いた》みと苦《くる》しみは永遠《えいえん》に続《つづ》くヤミ。ならば自分《じぶん》じゃなくてキミに『生《い》き残《のこ》って』ほしいと願《ねが》ったんだヤミ。この子《こ》は、キミが生《い》き残《のこ》ったのを見届《みとど》けると、それはそれは幸《しあわ》せそうに眠《ねむ》ったヤミ」

「だから、私《わたし》、あんなすごいパフォーマンスが……こ、この子《こ》のおかげ、だったん……だ」

しゃくりあげながら言葉《ことば》をつむぐ桃愛《ももあ》に、ヤミーはコクリとうなずいた。

桃愛《ももあ》の目《め》からとめどなく涙《なみだ》が流《なが》れる。

それでも桃愛《ももあ》は笑顔《えがお》を作《つく》った。

窓《まど》にかけよると、手紙《てがみ》を抱《だ》きしめ、天《てん》に向《む》かって誓《ちか》った。

「ありがとう天音《あまね》ちゃん！　私《わたし》は日本一《にほんいち》、ううん、世界一《せかいいち》のアイドルになるよ。そこから見《み》ててね！」

桃愛《ももあ》の中《なか》で何《なに》かが変《か》わった。ファンの思《おも》いを受《う》けとめるアイドルとしての覚悟《かくご》が生《う》まれたのだった。


その後《ご》、鮮烈《せんれつ》なデビューを飾《かざ》った桃愛《ももあ》たちのグループ『サバイバルSEVEN《セブン》』は、ヒット曲《きょく》にもめぐまれてスターダムをかけあがっていく。

その中心《センター》には、ピュアな天然部分《てんねんぶぶん》は残《のこ》しつつも、覚悟《かくご》を決《き》めた者《もの》だけがもつ強烈《きょうれつ》なオーラを放《はな》つ桃愛《ももあ》の姿《すがた》があった。

虹《にじ》色《いろ》の小《ちい》さな夜話《ナイト・テール》

夜空《よぞら》に、人間《にんげん》の目《め》には見《み》えない虹《にじ》がかかった日《ひ》の『ナイトメア』。

厨房《ちゅうぼう》に置《お》かれたタブレットの画面《がめん》では、七色《なないろ》の衣装《いしょう》で着飾《きかざ》った、アイドルデビューが決《き》まった子《こ》たちのインタビューが流《なが》れている。

黒《くろ》いコックコートに身《み》を包《つつ》んだヤミーは、真剣《しんけん》な表情《ひょうじょう》でデコレーションケーキを作《つく》っていた。ケーキは、ヤミーの頭《あたま》のシルクハットの二倍《にばい》くらいの大《おお》きさ。スポンジに白《しろ》い生《なま》クリームをパレットナイフで塗《ぬ》り塗《ぬ》りナッペ。サイドを白《しろ》いリボン絞《しぼ》りで飾《かざ》りつけた。

「完璧《かんぺき》！　さぁ、ハッピーデコレーションタイムヤミ〜」

ヤミーの前《まえ》にはガラスの小瓶《こびん》が七本並《ななほんなら》んでいる。

左《ひだり》からレモン色《いろ》、金色《きんいろ》、青色《あおいろ》、深緑色《ふかみどりいろ》、赤色《あかいろ》、紫色《むらさきいろ》に新《あたら》しく加《くわ》わったピンク色《いろ》。

ヤミーはバタークリームが入《はい》った絞《しぼ》り出《だ》し袋《ぶくろ》を七枚用意《ななまいようい》した。それぞれの袋《ふくろ》の中《なか》に七色《なないろ》の小瓶《こびん》の〈ハピ＊やみエッセンス〉を振《ふ》りかけると……。

クリームにきれいな色《いろ》がついて、七色《なないろ》のバタークリームが完成《かんせい》。

ヤミーはバタークリームを絞《しぼ》り出《だ》し、白《しろ》いケーキの上《うえ》に花《はな》を作《つく》っていく。

レモン色《いろ》のマーガレット、金色《きんいろ》の小《ちい》さなミモザの花々《はなばな》、青色《あおいろ》のバタフライピー、深緑色《ふかみどりいろ》のクローバーの葉《は》、赤色《あかいろ》のバラ、紫色《むらさきいろ》のロベリアに、ピンク色《いろ》のラナンキュラス。

白《しろ》いケーキの上《うえ》に色《いろ》とりどりの花《はな》が咲《さ》いた。

まるで花束《はなたば》のようなケーキが完成《かんせい》した。

「〈ハピ＊やみフラワーケーキ〉ができたヤミッ!!」

ヤミーは完成《かんせい》したてのカラフルな〈ハピ＊やみフラワーケーキ〉を脚《あし》つきのガラスのお皿《さら》にのせた。

さらにお湯《ゆ》をわかして、とっておきの香《かお》りのいい紅茶《こうちゃ》を用意《ようい》した。

〈ハピ＊やみフラワーケーキ〉と紅茶《こうちゃ》、カトラリーなどをワゴンにのせ、温室《おんしつ》へと運《はこ》んでいく。

白《しろ》い花《はな》が咲《さ》きみだれる温室《おんしつ》では、まぶたをかたく閉《と》じた青白《あおじろ》い顔《かお》のスイがロッキングチェアに身《み》をゆだねていた。

ヤミーは、スイのすぐ横《よこ》にある丸《まる》くて小《ちい》さいサイドテーブルに、紅茶《こうちゃ》やケーキを用意《ようい》すると、スイの手《て》をトントンと優《やさ》しくたたいて起《お》こした。

「スイちゃん！　世界一《せかいいち》かわいくて幸《しあわ》せな〈ハピ＊やみフラワーケーキ〉だヤミ」

ゆっくりと目《め》を開《ひら》いたスイは、不思議《ふしぎ》そうにケーキを見《み》つめている。

「このケーキには、いろんな人《ひと》のハッピーな気持《きも》ちが入《はい》っているヤミ」

ヤミーはケーキをお皿《さら》にのせるとスイに差《さ》し出《だ》した。

「大好《だいす》きなお花《はな》に入《はい》っている、いろんな人《ひと》のハッピーな気持《きも》ちで、スイちゃんは笑顔《えがお》をきっと思《おも》い出《だ》すヤミ」

スイの手《て》がゆっくりと動《うご》いてフォークを持《も》った。

ケーキの上《うえ》のレモン色《いろ》のマーガレットをそっとすくうと、迷《まよ》いなく口《くち》に入《い》れた。

すると、まるで深淵《しんえん》のようだったスイの瞳《ひとみ》に光《ひかり》が宿《やど》った。

続《つづ》いてスイは、金色《きんいろ》のミモザの花《はな》をそっとすくい、光《ひかり》が戻《もど》った瞳《ひとみ》でジッと見《み》つめていたかと思《おも》うと、パクッと口《くち》の中《なか》に入《い》れた。
真《ま》っ白《しろ》だったスイの頰《ほお》が、ほんのりピンク色《いろ》に彩《いろど》られた。
スイは、ケーキの上《うえ》の花《はな》だけを次々《つぎつぎ》とすくいとって口《くち》に入《い》れていく。
花《はな》を食《た》べるたびに、スイの眉《まゆ》があがる。
まばたきをする。
口《くち》もとがやわらかくなる。
頰《ほお》がゆるむ。
命《いのち》のない人形《にんぎょう》のようだったスイの顔《かお》が少《すこ》しずつ人間《にんげん》らしくなってきた。
スイは、残《のこ》ったケーキをゆっくりと食《た》べはじめた。
半分《はんぶん》ほど食《た》べたとき、スイがヤミーに目《め》をとめた。
その目《め》の焦点《しょうてん》が自分《じぶん》に合《あ》っていると気《き》づいたヤミーの目《め》がうるんだ。
「ヤミーは世界一《せかいいち》かわいいね」
とうとうスイの顔《かお》に天使《てんし》のような笑顔《えがお》が浮《う》かんだ。
スイに抱《だ》きあげられ、幸《しあわ》せのあまり、ヤミーの耳《みみ》がたるんと垂《た》れた。

おしまいの
小《ちい》さな夜話《ナイト・テール》
NIGHTMARE
CLOSED

ついに、スイの笑顔《えがお》をとり戻《もど》した幸《しあわ》せに、しばしひたっていたヤミーだったが、

（だけど、ヤミーにはもうひとつやらなければいけないことがあるヤミ）

と、表情《ひょうじょう》をひきしめた。

ケーキをすべて食《た》べきると、スイが口《くち》を開《ひら》いた。

「私《わたし》は、どうしてここに？　パパやママ、レンはどこにいるの？」

「何《なに》があったのか、知《し》りたいヤミ？」

スイは、コクリとうなずいた。

ヤミーはしばらくうつむいていたが、意《い》を決《けっ》したみたいに顔《かお》をあげると話《はな》しはじめた。

――あの日《ひ》は、スイちゃんの十四歳《じゅうよんさい》の誕生日《たんじょうび》だったヤミ。

スイちゃんの誕生日《たんじょうび》をパパさんの洋菓子店《ようがしてん》で祝《いわ》うために、一家《いっか》みんなで車《くるま》でここに向《む》かっていたヤミ。

パパさん、ママさん、弟《おとうと》のレン、そしてボクを抱《だ》っこしたスイちゃん。

お店《みせ》にはパパさんお手製《てせい》の誕生日《たんじょうび》のフラワーケーキが用意《ようい》されていたヤミ。

毎年《まいとし》、みんなでパパさんのケーキを食《た》べるのを楽《たの》しみにしていたヤミ。

だけど……もうすぐお店《みせ》に着《つ》くという直前《ちょくぜん》。

交差点《こうさてん》で、赤信号《あかしんごう》を無視《むし》したトラックがつっこんできてボクらが乗《の》った車《くるま》は弾《はじ》き飛《と》ばされて横転《おうてん》。

突然《とつぜん》、頭《あたま》のスイッチが入《はい》ったボクが、なんとかスイちゃんだけを車《くるま》から引《ひ》きずりだしたとたん、車《くるま》は爆発《ばくはつ》、炎上《えんじょう》してしまったヤミ。

スイちゃんは、「パパ、ママ、レン!!　いやーっ」と叫《さけ》んで気《き》を失《うしな》ったヤミ。

そのあと、スイちゃんはショックのあまり、心《こころ》が空《から》っぽになってしまったヤミ。

ボクは、スイちゃんの心《こころ》を満《み》たすために、いろんな子《こ》たちのハッピーな気持《きも》ちを分《わ》けてもらっていたんだヤミ――。

つらい話《はなし》を終《お》えたヤミーは、スイの笑顔《えがお》が消《き》えるのではないかと心配《しんぱい》しな

がら、スイを見《み》あげた。

スイの顔《かお》には、ヤミーがずっと見《み》たかった天使《てんし》のような笑顔《えがお》がまだちゃんと浮《う》かんでいる。

ヤミーは、ホッとしたようにつぶやいた。

「よかったヤミ。家族《かぞく》のみんながいなくなったことを知《し》ったら、スイちゃんの笑顔《えがお》が消《き》えちゃうかもと、心配《しんぱい》だったヤミ」

「どうして？」

「大切《たいせつ》な人《ひと》たちがみんないなくなったら、悲《かな》しくなるヤミ」

スイは、自分《じぶん》の胸《むね》にそっと手《て》をあて、小首《こくび》をかしげた。

「悲《かな》しいって……何《なに》？」

あまりにも晴《は》れやかな笑顔《えがお》で。

ヤミーは思《おも》わず口《くち》をつぐんだが、スイは口《くち》を動《うご》かした。

「ヤミーは世界一《せかいいち》かわいい、いい子《こ》だね」

声《こえ》のトーンが、ヤミーが知《し》っているスイの声《こえ》より低《ひく》いような気《き》がした。

不思議《ふしぎ》に思《おも》ったヤミーは、スイの目《め》をのぞきこんだ。

〈ハピ＊やみフラワーケーキ〉を食《た》べてよみがえったはずのスイの瞳《ひとみ》の光《ひかり》が、不安定《ふあんてい》に揺《ゆ》らいでいた。

（まだハッピーが足《た》りなかったヤミ!!）

ヤミーはボタンの目《め》を見開《みひら》いた。

けれど、すぐにううんと左右《さゆう》に首《くび》を振《ふ》ると、口《くち》もとを手《て》でおおって、やみやみと笑《わら》った。

（問題《もんだい》ないヤミ。もっとたくさんのハッピーを集《あつ》めればいいだけヤミ）

白《しろ》い花《はな》が咲《さ》きみだれる温室《おんしつ》で、幸《しあわ》せそうにほほえむ少女《しょうじょ》とうさぎのぬいぐるみ。

ここは、ハピ＊やみ洋菓子店《ようがしてん》『ナイトメア』。

どんな願《ねが》いも叶《かな》うお菓子《かし》が食《た》べられる不思議《ふしぎ》なお店《みせ》。

Shogakukan Junior Bunko

★小学館ジュニア文庫★
ヤミーのハピ＊やみ洋菓子店
どんな願いも叶うスイーツ、めしあがれ！

2024年12月18日　初版第１刷発行

著／やすいやくし
イラスト／mokaffe

発行人／畑中雅美
編集人／杉浦宏依

発行所／株式会社　小学館
〒101-8001　東京都千代田区一ツ橋２－３－１
電話／編集　03-3230-5105
販売　03-5281-3555

印刷・製本／加藤製版印刷株式会社

デザイン／黒木香＋ベイブリッジ・スタジオ

★本書の無断での複写（コピー）、上演、放送等の二次利用、翻案等は、著作権法上の例外を除き禁じられています。本書の電子データ化などの無断複製は著作権法上の例外を除き禁じられています。代行業者等の第三者による本書の電子的複製も認められておりません。
★造本には十分注意しておりますが、印刷、製本など製造上の不備がございましたら、「制作局コールセンター」（フリーダイヤル0120-336-340）にご連絡ください。
（電話受付は土・日・祝休日を除く9:30～17:30）

©Yakushi Yasui 2024　©mokaffe 2024
Printed in Japan　ISBN 978-4-09-231501-3